大樓
換新裝
陳正治◎文 林傳宗◎圖

◆推薦序◆

讀詩之必要

·林煥彰·

我的恩師，詩人瘂弦最喜歡說：詩是一種生活方式。

我想，現代的孩子，應該和古時候的小孩一樣，應該從小就開始讀詩；古詩新詩都讀，而且要天天讀。其實，大人也應該都來讀；人人都應該天天讀。

因為，詩，不僅是一種文類，也不僅僅是一種文學的形式而已，她有很多好處；攸關語文和心靈的修養。

讀詩，不必花費太多時間。如果養成習慣，使讀詩成為一種日常的生活方式，她可以幫助我們懂得更多有效的思考方式，懂得更

好更優雅的使用文字的有效方法，懂得更多更豐富的想像力……培養出更多更善良的優質國民。

陳正治教授是資深的語文教授、兒童文學研究和創作者，既長期從事理論研究、語文教學，也從不間斷的創作兒童文學：而且創作的文類多元，涵蓋童話、故事、散文、兒歌和童詩，著作豐碩。拜讀他這本新著《大樓換新裝》，是屬於童詩類，光是書名就很吸引人；因為，他把硬邦邦的老建物，很可愛的擬人化了！是成功的創作手法的展現。

這本童詩集，內容分成四大類，包括：生活抒情詩、景物詩、生活敘事詩和童話詩，內容、題材和表現的體裁，既多元又多樣化；考慮得很周到。作為一位資深的語文教授、教育家和兒童文學創作者，陳教授創作童詩的理念和特質，都值得肯定；

他用語簡潔，講究音韻和重視教育性，就是他作品的最大成就和獨特風格的表現。我個人特別喜歡他集中的〈最大的聲音〉、〈摺棉被〉、〈時髦的稻草人〉、〈呼喚〉、〈倒過來想〉、〈大樓換新裝〉、〈拐個彎兒〉等，這類作品的創意和隱藏的魅力，我一再細細玩味……

於臺北・板橋將星

編者按：林煥彰先生是著名的詩人，曾獲「中山文藝獎」，著有近百本書。

◆推薦序◆

雲開了，太陽就出來
——掀開寫詩的祕密

・桂文亞・

兒童文學百花園裡，不乏兒童詩的寫作高手；但專業身分是大學教授，又有童話、兒歌、兒童小說等作品及兒童文學理論著作的人寫作童詩，陳正治老師稱得上是「知行合一」的實踐者了。

我很好奇的是：是研究兒童文學啟發了陳老師的寫作靈感呢？還是原有的創作細胞激勵了他「一探究竟」的研究歷程？想必，也是相輔相成，無分先後的吧？

《大樓換新裝》是一本令人喜愛的兒童詩集，收錄了陳正治自一九八五年到二〇一五年陸續發表在《國語日報》、中華民國兒童文學學會《火金姑》雜誌和《中國語文》月刊上的三十五首兒童詩創作。全書計分「生活抒情詩」、「景物詩」、「生活敘事詩」和「童話詩」四類，具有特色和趣味。不少作品視角獨特，突破常規，取材現實，細讀之下，甚至讓我察覺出一向與人嚴謹、親切、和善形象的陳老師，原來有著如此細緻、幽默、活潑的一顆赤子之心！

作者的〈作家就像蜘蛛〉「不停的織網、修網」為的是「創造不可知的希望」；〈時髦的稻草人〉穿著時髦洋裝揮舞七彩指揮棒；還有〈奶奶的麵包樹〉不但提供了相關麵包樹的常識，也在類似其他篇章中，體會了作者處處體現的悲憫情懷——無論對人、對物、對大自然鳥獸蟲魚。這樣情理交融、又具現代感的作品，為童詩寫作帶來新的寫作空間。

譬如〈跟魚拔河〉一首，寫上鉤大魚的驚惶、痛苦與流血，文字具有穿透力，令人戰慄深思。〈拐個彎兒〉這首形象生動，琅琅上口的童話詩，所呈現的節奏感，美而有力，十分適合朗讀。

陳老師的童詩也融和了兒歌使用韻腳的寫作技巧，譬如「遊戲機不見，瞌睡蟲出現」的「見」與「現」，讀起來順口簡明；「嘿！遠山！／我在這兒！」；「波波呵呵，波波呵呵」類似帶有動感的文字效果，帶動了童詩的活力和情趣。正面積極的寓意，也為全書風格定調。

本書還有「畫龍點睛」之妙，即是作者將每首詩的寫作動機、結構、遣詞用句技巧，做了明晰的解說，形成了另一系列獨立精鍊又相互呼應的導讀。

這樣體貼的安排，對在學校執教的老師來說，不但有助於教學之用，對於愛好閱讀寫作的學生來說，更能透過名家的「自寫自評」，學習如何欣賞一首詩的成因，實在可以說是一舉兩得，「物超所值」啊！

編者按：桂文亞女士是臺灣著名兒童文學作家、編輯、出版家，曾獲「中華兒童文學獎」。著有五十多本書，編了四百五十多冊兒童讀物。

目錄

生活抒情詩

景物詩

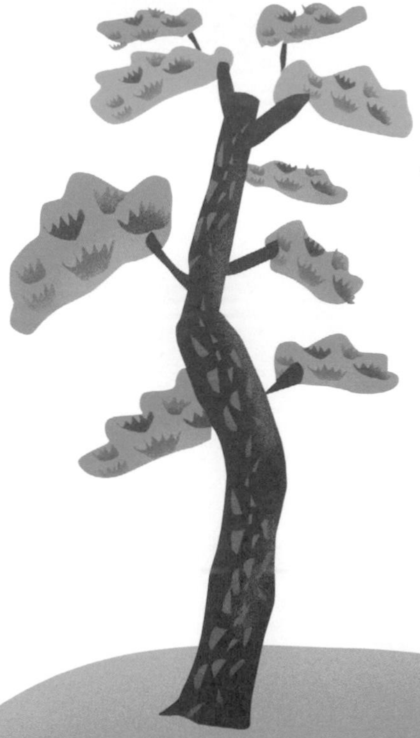

生活敘事詩

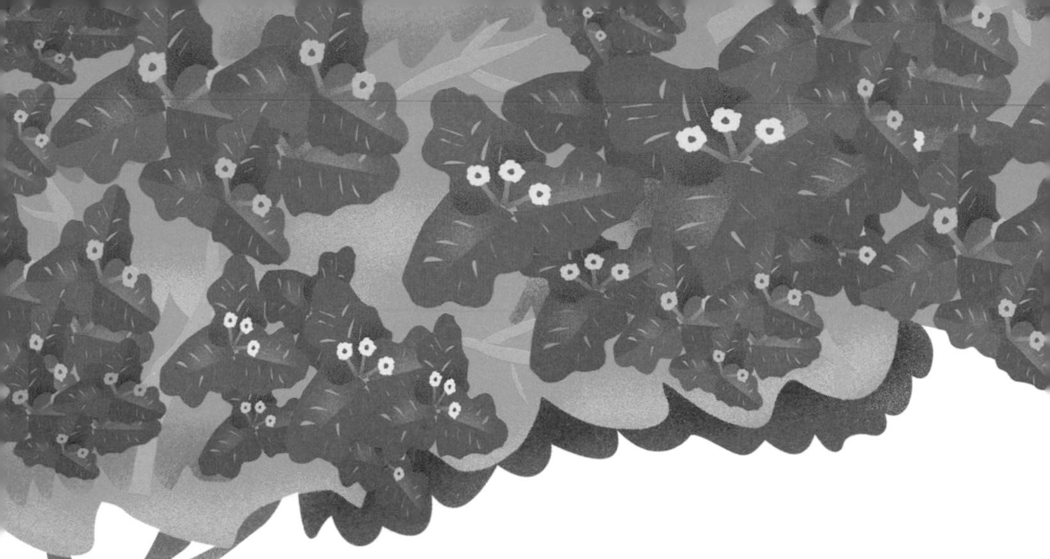

童話詩

生活
抒情詩

最大的聲音

半夜裡
屋前的
汽車
轟隆的發出了聲
床上的媽媽
睡得
更沉

半夜裡
一歲的
妹妹
輕輕的
翻了個身
床上的媽媽
一下子驚醒

為什麼屋前的汽車發出好大的聲音，媽媽睡得更沉？妹妹輕輕的翻了個身，媽媽卻驚醒？這首詩要表達什麼意思？

全詩的結構有什麼特色？兩小節詩行的排列，有什麼含意？

「屋前的汽車發出好大的聲，媽媽睡得更沉」，表示媽媽照顧孩子好累，外面汽車轟隆聲好像替她的睡眠伴奏一樣，不但沒吵醒她，反而使她睡得更熟（沉是深入，睡得更沉，表示睡得更熟）。

「妹妹輕輕的翻了個身，床上的媽媽一下子驚醒」，表示媽媽的心一直關懷妹妹，怕妹妹出了什麼狀況。

全詩採用對比的結構，強烈呈現了母愛的偉大。

在詩行排列上，兩小節詩句的高低，表示媽媽睡覺時心情的起伏情形。

第一小節開頭詩句較低，呈現累壞的媽媽入睡時的平靜；接著詩句較高，表達媽媽聽到轟隆聲心裡的高亢；末三行低下來，表示轟隆聲跟孩子的安全無關，因此媽媽心情回復平靜。

第二小節後面四句，詩句先低，表達媽媽的安眠；接著本來是「齊足式」的詩句突然高上去，好像媽媽突然從床鋪上跳起來一樣，這是表現媽媽聽到妹妹翻身聲，以為吐奶或噎住而驚醒的心情。這種詩句的排列，配合內容，希望能帶動讀詩人的情緒。

作家就像蜘蛛

擠出一絲一絲的蛛絲
張起一圈一圈的羅網
等待又等待
為的是
獲得不可知的美餐

露水上網
枯葉來訪

強風撕破了網
牠都不心傷
仍不停的修網、守望
守望、修網

作家就像蜘蛛
不停的織網、修網
修網、織網
為的是
創造不可知的希望

小朋友，你觀察到一朵花、一片葉子或一隻蜘蛛時，有沒有令你想到什麼？你能利用它來寫文章或詩嗎？

佛經上有「一花一世界，一葉一如來」的句子，這是說：觀察一朵花，可以想到構成生命的整個世界；看到一片葉子，可以想到整棵菩提樹，再想到菩提樹下可以孕育得道的如來佛祖。

宋朝哲學家程顥詩句「萬物靜觀皆自得」，意思是我們若仔細觀察萬物，並深入聯想，都能看出它的美，它的生命意義，啟發我們的智慧。

小朋友，也許你沒法觀察某個事物而聯想到很深的哲理，不過，觀察和聯想這兩件法寶，卻是欣賞詩和寫詩的人，必須具備的條件。

這首〈作家就像蜘蛛〉，就是觀察到蜘蛛結網、修網的事，聯想到要成為作家，就要效法蜘蛛的這種愈挫愈奮、百折不撓的堅定精神而寫出來的。

寫詩有了好的題材和思想，還得應用藝術的語言把它表達出來。本詩中的「修網、守望，守望、修網」和「織網、修網，修網、織網」等語言的回環形式，把蜘蛛和作家的關係綰合一起，表現蜘蛛和作者遇到困難，不畏不懼，仍來回不停努力的精神。

書

弟弟說
書是一個壞蛋魔術師
他一來
遊戲機不見
瞌睡蟲出現

我說
書是一位故事大王

他一來
孫悟空亮相
牛魔王逃亡

姊姊說
書是一位烹飪大師
他一來
滿桌佳肴
全家歡笑

哥哥說
書是一位眼科醫師
拜訪他
眼睛明亮
千里眼光

媽媽說
書是一架飛機
搭上它
看盡天下美景

知道天下事情

爸爸說
書是飛行員的降落傘
打開它
人生彩色
拋棄它
人生黑白

詩的小秘密

我們常聽到「書是知識的寶庫」這句話，因此，政府、社會賢達人士、老師、家長常鼓勵我們看書。宋朝的真宗皇帝在《勵學篇》鼓勵人民多讀書說：「富家不用買良田，書中自有千鍾粟；安居不用架高樓，書中自有黃金屋；娶妻莫恨無良媒，書中自有顏如玉……」這些話雖然功利太重，但是多讀好書卻是大家普遍的看法。

這首〈書〉的兒童詩，介紹了一家六口人對「書」的看法。弟弟討厭看書；「我」偏愛看故事書；姊姊愛看烹飪書，而且實際活用；哥哥認為看書可以具備千里眼，富有見識；媽媽認為看書可以讓人富有國際觀，可以了解美景和知道天下大事。爸爸提出總結：愛看書，人生是光明的；不愛看書，人生是黑暗的。

看了這首詩，你對「書」有什麼看法？

奶奶的麵包樹

奶奶種的麵包樹
已經三十多歲了
主幹渾圓直立
撐起了樹梢眾多的
翠綠

夏天時
樹上結了金黃的果實

爸爸常在大樹下
仰望
藍天　雲朵　麵包果
自從奶奶搬到天堂住
爸爸便常為這棵樹
澆水　施肥
在樹下
低頭　徘徊

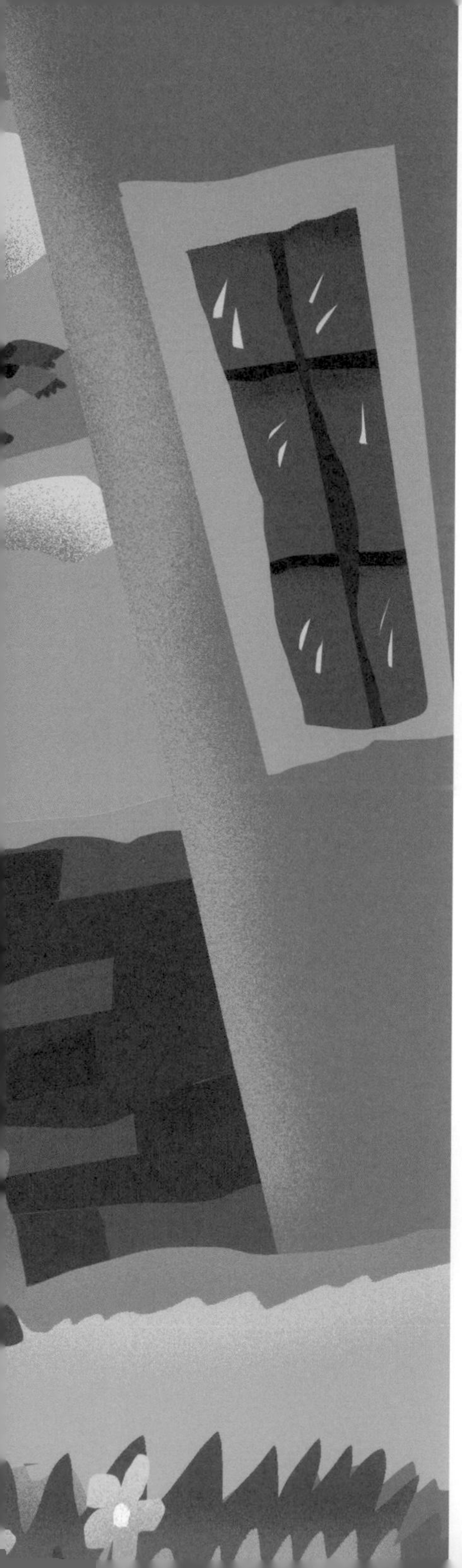

我對爸爸說
麵包果煮湯很可口
爸爸對我說
可惜種樹的奶奶
沒 嘗 過

你吃過麵包果嗎？每年夏天時期，麵包樹就會長出大大的麵包果。果肉疏鬆，富含澱粉，味甜，可以烤、煮、燒，風味像麵包，所以叫麵包果；核仁也像花生一樣好吃。麵包果的營養以醣類為主，富含鈣、磷等礦物質及維生素Ａ、Ｂ。

讀了這首詩，除了認識麵包樹外，你是否能說出奶奶對子孫的愛心？爸爸在樹下仰望、徘徊，有沒有讓你覺得爸爸除了懷念奶奶外，是不是也想到「前人種樹，後人乘涼」的意思？是不是要「飲水思源」，感謝奶奶、感謝麵包樹？奶奶走後，爸爸為奶奶親手種的樹澆水、施肥，除了愛護樹外，爸爸是不是也有「見樹如見娘」的孝心？是不是有繼承奶奶造福子孫的心意？

至於這首詩的部分詩句採用「空格式」處理，這是為了強調語意、製造懸疑或代替標點。例如第二小節的「爸爸常在大樹下仰望藍天、雲朵、麵包果」的詩句，「仰望」二字排在最底的位子上，突現出爸爸在樹下伸長脖子往上看的情意外，也富有爸爸仰望什麼的懸疑效果。至於藍天、雲朵、麵包果採空一格處理，便是借來代替標點符號。後一行「沒　嘗　過」以空格處理，節奏放慢，表達父親對奶奶奉獻而不求享受的感恩和不捨。

為了什麼

沙漠裡的仙人掌
不停的向四面八方找水喝
為了讓沙漠有綠意
不向缺水的環境投降

屋簷下的燕子
不停的在空中來回飛翔
為了報答人們的歡迎

不辭辛勞的捕捉蚊蠅

急診室的醫生
不停的穿梭在走廊間
為了搶救病人的生命
忘了自己整天沒有闔眼

屋子裡的弟弟
不停的抽抽噎噎
只為了糖果被妹妹吃去
哭得臉上都是眼淚和鼻涕

詩的小祕密

這首詩有四個角色：仙人掌、燕子、醫生和弟弟。前三個角色要表現什麼？弟弟的角色要表現什麼？作者這樣的安排，有什麼用意？

仙人掌向四方找水喝，為了綠化沙漠；燕子捕捉蚊蠅，為了報答歡迎牠的人民；醫生沒有闔眼，為了搶救病人生命。以上從植物、動物、人類裡找出三個代表，表示他們都為大家的利益而努力，也就是有「大我」的精神。

弟弟只因為糖果被妹妹吃去，就難過得哭泣，這表現弟弟還很幼稚，只想到自己的利益。

作者敘述了三個為大家利益而努力的事件，按照這個發展，弟弟也應該做符合大家利益的事。作者沒這樣寫作，反而寫出弟弟只為了一件自己的小利，居然不停的哭泣。這種「反差」的意外之筆，除了驚奇的效果外，還強烈的襯托出弟弟的不懂事。

守得雲開

濃濃的雲
密密的霧
一層一層
把山鎖住

雲去雲來
霧散霧聚
山的面紗
總掀不開

太陽不見
大山沒有露臉
這樣清爽的天氣
它們怎麼可以不出現

爸爸不甘心
我也不甘願
芝麻開門
雲霧開門
念念
盼盼
盼盼
念念

哇！
雲開了
霧散了
大家的眼睛亮起來了

爸爸說
守得雲開……
我搶著接
大山、太陽露出臉來

雲霧把山鎖住，為什麼詩中的孩子和爸爸認為可以守得雲開？他們守候雲開的時間長或短？詩人可以藉事、藉物抒情，如果把爬山的過程當做人生的過程，這首詩可以表現什麼？

雲霧把山鎖住，詩中的孩子和爸爸認為可以守得雲開，主要的依據是第三小節提到的「這樣清爽的天氣，它們怎麼可以不出現」的伏筆。因為天氣清朗，雲霧自然會消散。

詩中守候雲開的時間很長，這可從「雲去雲來，霧散霧聚」、「芝麻開門，雲霧開門」及「念念　盼盼　盼盼　念念」等詩句中呈現出來。

詩，可以深寫，可以深讀。這首詩表面上是寫爬山遇到雲霧鎖山，爬山人不屈不撓終於等候到雲開霧散，大山和太陽露出臉來的一段事件；深入探究，作者隱藏了另一層次的含意。

爬山觀景，象徵人生的奮鬥目標；雲、霧，象徵人生奮鬥中的障礙；清爽的天氣，象徵人生奮鬥的信念；大山、太陽出來，象徵奮鬥成功。

（按：本詩是作者山友們遊苗栗縣三義鄉的雲洞山莊，親眼目睹雲、霧鎖山及雲開、霧散，大山、太陽露出臉來，遊人驚呼的真實景象寫出。）

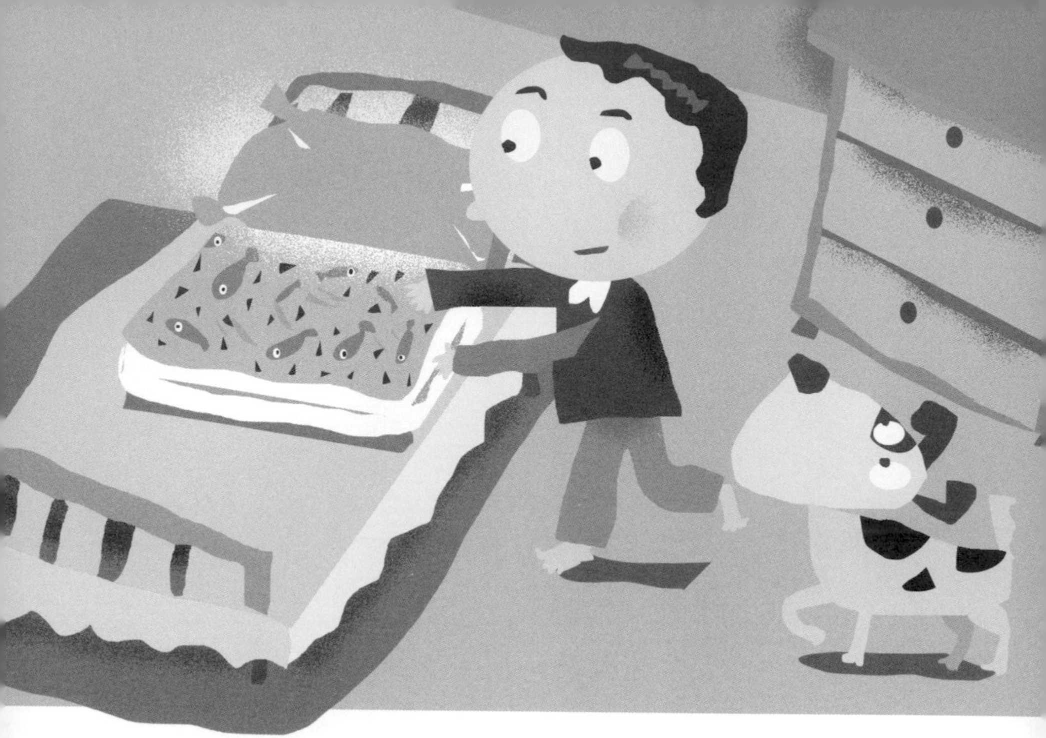

摺棉被

媽媽說
每天早上起床
要把被子
摺成豆腐乾
這是為了養成勤勞
也是為了美觀

老師說
被子裡有千萬隻塵蟎

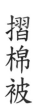

靠著水氣和皮膚屑得到營養
把被子反鋪床上
水氣散光
塵蟎便沒有地方躲藏

到底要美觀
還是要健康
我們姊弟
都很
徬
徨

詩的小祕密

在生活裡，同一件事如果父母意見不同，你聽誰的？老師和媽媽意見也不同，你怎麼辦？這首〈摺棉被〉詩，藉摺棉被的事來寫這個問題。

你每天早晨起床，是不是馬上摺棉被，或者鑽出被窩後就不管？摺棉被和燒開水一樣，也是有要領的。燒開水時，水沸騰後要打開水壺蓋繼續燒三分鐘左右，讓水中的氯蒸發掉。摺棉被的要領是什麼？

在一夜的睡眠中，人體的皮膚會排出大量的水蒸氣，也會掉一些皮膚屑。這些都是躲藏在被子裡的細菌、塵蟎最愛的食物。因此，我們起床後要把被子掀開或反鋪床上，讓溼氣散開，不讓細菌、塵蟎躲藏。想要如阿兵哥把被子疊成豆腐乾的形狀，那就要等幾十分後，溼氣散光。

很多小朋友想寫詩，但是找不到材料。宋朝詩人翁森在〈四時讀書樂〉詩中說：「好鳥枝頭亦朋友，落花水面皆文章。」後一句指的就是流水上面的片片落花，都可以拿來寫成美麗的文章。摺棉被只是生活中的一件小事，卻可以寫成詩。由這首詩的取材可以知道，生活中的任何事，只要你受感動，都可以拿它寫成詩。

除夕圍爐

雞鴨魚肉
青菜水果
滿桌佳肴
還有美酒

三代圍爐
興高采烈
吃肉喝酒
奶奶卻掉下眼淚

奶奶
奶奶
歡樂的宴會
你為什麼要流淚

奶奶的臉上雖有笑容
眼眶卻浮現淚珠
她說
我們高興的圍爐
卻少了你的小叔叔

圍爐圍爐　溫馨幸福
大家舉杯
遙謝前線當兵的叔叔
更謝謝為我們付出
沒法圍爐的人士

你是不是喜歡過年？除夕圍爐時，你除了吃好吃的東西外，是不是還可以拿到紅包？假使你不能跟親人一起圍爐，會不會想念他們？

唐朝詩人王維的詩句：「獨在異鄉為異客，每逢佳節倍思親。遙知兄弟登高處，遍插茱萸少一人。」如果你在圍爐時，你的一位親人沒法子回家圍爐，你或你的家人，會不會像王維形容他的兄弟想念他一樣？

這首詩就是寫在除夕溫馨、歡樂的圍爐裡，懷念未回家團聚的家人，並擴寫到感謝全天下為眾人服務不能回家圍爐的人。

在寫作上，全詩有三個層次：首先用整齊的、輕快的短句，寫出除夕圍爐的快樂氣氛；接著改用長短句，緩緩抒寫奶奶懷念小叔叔的情緒；最後再用輕快的句子，擴寫感謝和祝福為國為民而不能回家圍爐的人。

如果

如果我有做功課的機器人
如果我有代做功課的工讀生
如果我有幫我做功課的朋友
如果我有孫悟空的七十二變法術
如果政府命令老師不可出回家功課
如果老師請假沒來上課
如果我剛才不打開電視機
如果我放學時就趕快做功課

如果我還是兩歲的寶寶
如果……

媽媽說
如果沒有一直「如果」
功課早就做完咯

一件事沒做成，可以推託幾百個理由。事後說的「如果」，常常是後悔的寫照。只有夢想，但不去實行，那麼夢想不管如何美，醒來以後，什麼也沒有。本詩從小朋友常說的「如果」去聯想，寫出童趣外，全詩重點卻藏在媽媽說的話裡。

在寫法上，本詩應用排比法連寫幾種「如果」的事，除了有加強的效果外，也富有節奏美。

只要樹幹還活著

寒流來了
木棉樹的葉子掉落一地
只要樹幹還活著
總會花紅葉綠

颱風來了
暴雨傾瀉大地
只要太陽還存在
總會晴空萬里

地震來了
房屋夷為平地
只要身體還留住
總會高樓又起

挫折來了
身心疲憊不已
只要信心還堅定
總會東山再起

寒流一來，我家附近光復南路安全島上的木棉樹，花葉落光，露出光禿禿的樹幹，看來像一棵枯木。

有一天，我聽到路過的小學生，爭論著這些木棉樹是不是枯死的事。這件事，喚起了我的回憶和思慮。

我定居臺北已有四十多年，看到好多次光復南路安全島上木棉樹的葉落、葉生，花落、花開，以及光禿禿的樹幹，沒想過它是否會枯死。假若它會枯死，是什麼原因？不枯死又是什麼原因？它對我們有什麼啟示？

我從積極面入手，寫出「只要樹幹還活著，總會花紅葉綠」，表達我的想法。

主旨確定後，我聯想到跟人有關的颱風、地震以及個人理想失落的事，以「希望」為種子，採用相似聯想法寫出後三小節並列的句子，使詩的內容加廣，節奏增強方便吟詠。這是一首勵志詩，送給遇到挫折的小朋友，希望他們都能奮起。

景物詩

蜜蜂的刺

從天亮到傍晚
嗡嗡嗡　嗡嗡嗡
來往在蜂房和花中

蜜蜂的尾巴有一根刺
刺連著胃腸
也連著內臟

為了守護蜂房
不管會被拉出內臟
不管會被拉出胃腸
勇敢的把刺
刺向
敵方

蜜蜂刺向侵犯蜂巢的敵人後，刺會連內臟一起拔出去，因此蜜蜂必死。為什麼蜜蜂要這樣壯烈犧牲自己呢？答案是為了家庭、為了團體。

歷史上有許多人效法蜜蜂這種「犧牲小我，完成大我」的偉大情操。例如立志推翻滿清，留下〈與妻訣別書〉作品的林覺民，臺灣抗日英雄的莫那魯道等，都是為了大家而犧牲生命的英雄、烈士。

讀〈蜜蜂的刺〉，我希望讀者也能深入的聯想到保家衛國的英雄、烈士們的犧牲奉獻。

瘋狗浪

一聽到颱風來
海浪嚇得像一隻瘋狗
到處亂竄
到處亂走

它爬上礁石
又打翻漁船
沖毀堤防
又抓走釣魚郎

海浪啊海浪
遇到不如意
馬上發脾氣
這雖是本能
卻是沒修養

海浪好像聽懂
　颱風一走
它就趕走瘋狗

乖得像
一隻
小
綿
羊

詩的小祕密

颱風一來，臺灣東北角的海濱，常發生瘋狗浪吹翻船隻，吞噬釣魚客的事件。這首〈瘋狗浪〉詩就是以小朋友的立場來看這個現象。

寫作一首詩，要集中在一個「點」上，也就是詩的主題。

本詩把主題直接安排在第三小節裡，告訴海浪：遇到不如意的事，不要沒有修養的憑著本能反應馬上發脾氣。這首詩表面是規勸海浪，其實它是「以物喻人」，規勸脾氣暴躁的孩子。詩中的「瘋狗浪」從人的角度來看，象徵脾氣暴躁、沒修養的人。

這首詩，特別加強從形式配合內容的表達法。〈瘋狗浪〉的詩行排列，第一小節的「到處亂竄、到處亂走」，第二小節的

「它爬上礁石，又打翻漁船；沖毀堤防，又抓走釣魚郎」等詩句，採用「高低式」排列法，目的是加強了海浪「亂竄、亂走、亂爬、亂沖」等宣洩情緒的波動語意。

第三小節的內容是語意委婉的規勸，因此詩行排列採整齊式的平穩方式。

第四小節敘述海浪接受規勸，暴躁的脾氣慢慢消除，情緒越來越穩定，因此詩行排列，漸漸由高而低，跟每行詩句末一個字平齊。

蒲公英籽

風來了
一群蒲公英籽飛上了天
有的快速的飛到遠處
有的卻
飛上又飛下
飛上又飛下
繞著蒲公英媽媽
好像不肯離開

蒲公英籽啊
蒲公英籽
你已經長大
不要徘徊
外面的天地很大
你可以建立自己的家

蒲公英籽
好像聽懂了
一陣風吹來

他們在蒲公英媽媽上空
繞了幾圈後
便向遠處
便向遠處
勇敢的飛去
勇敢的飛去

我喜愛跟朋友去爬山。有一次初春去爬山，看到地面上有好多株高十到二十五公分左右的蒲公英。在碧綠的葉子中，有的花莖上開出朵朵的小黃花；有的花開過了，果實也成熟了，花盤變成了白色的絨球。花盤上聚集了二、三十顆披著白色絲狀毛的種子。微風吹來，這些蒲公英籽飄浮到空中，活像一把把飄在空中的降落傘。這些降落傘，有的飄到遠處，有的卻又落到原來花盤附近的地面。

看到落在花盤附近的蒲公英籽，觸動了我的心。我想到現在社會中有些賴在家裡不肯出去找工作的宅男、宅女，不就像落在蒲公英媽媽身旁的蒲公英籽嗎？

想到這兒，我寫下了這首〈蒲公英籽〉，希望兒童知道，長大後要勇於走出溫室的家，到外面闖出自己的一片天，不要賴在家中當啃老族的一員。

時髦的稻草人

戴著彩帶的圓帽
穿上花色的洋裝
時髦的稻草人
在稻田邊
隨著風浪
揮舞著一根
七彩的指揮棒

那是稻草人嗎？
還是指揮交通的姑娘？
小心避開她的指揮棒
不要被它砸在頭上

麻雀們嘰嘰喳喳的討論著

最後
一隻隻
噗噗噗急忙飛散

時髦的稻草人
不管日夜
還是在稻田裡
隨著風浪
揮舞著指揮棒

揮舞著指揮棒
引得兩旁的路人
停下腳步欣賞
麻雀們更相信

那是一位指揮交通的姑娘

寫〈蒲公英籽〉詩，希望兒童長大後要勇於到外面闖天下，不要賴在家中當啃老族的一員後，我又想到：到外面闖，跟他人競爭，除了勤勞、勇於學習外，還得具有創新的觀念才能成功，因此，我想寫一首有關創意的詩給兒童欣賞。

在找題材時，我想到有一次經過一處農莊，看到稻田邊插著一個稻草人。這個稻草人雖然模樣有點像人，但是太簡陋了，手、腳和身體，都露出不少根稻草，怪不得連麻雀都不相信它是人，因而停在稻草人頭上呼叫、啄東西。我看後，覺得製作這個稻草人的農夫太守舊、不用心，當然瞞不過機靈的麻雀。

想到這兒，於是我寫了〈時髦的稻草人〉詩，給稻草人戴帽、穿洋裝、拿指揮棒，希望這個稻草人能勝過傳統的稻草人，盡到守護稻子的責任；也暗示兒童，出外闖天下，一定要注意創意才能成功。

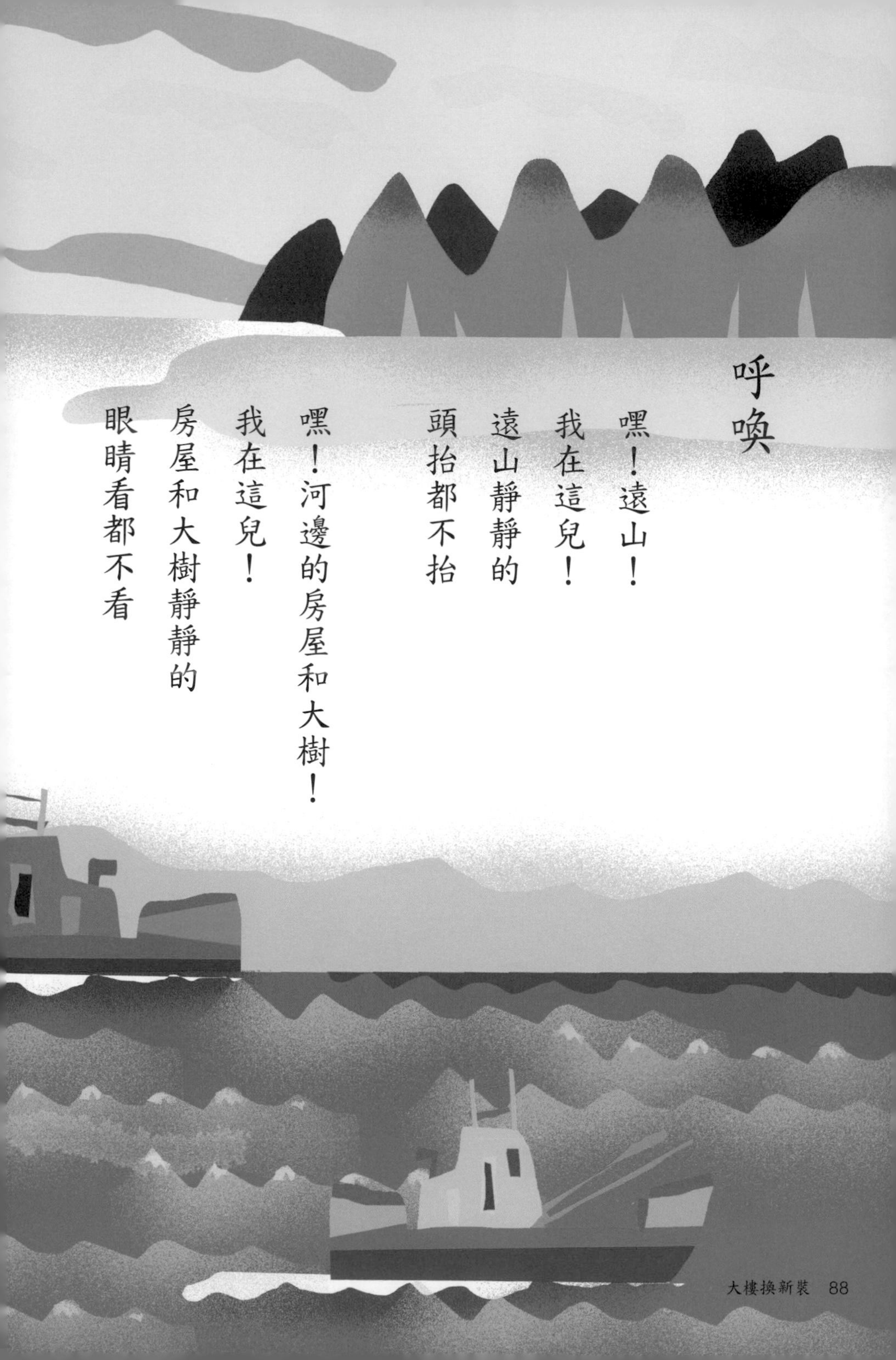

呼喚

嘿！遠山！
我在這兒！
遠山靜靜的
頭抬都不抬

嘿！河邊的房屋和大樹！
我在這兒！
房屋和大樹靜靜的
眼睛看都不看

搭船向他們靠過去
嘿！動起來了
房屋和大樹向我移過來
遠山也向我靠過來

啊！我知道了
原來我得先向他們靠過去
他們才會向我
靠過來

詩的小祕密

為什麼呼叫遠山，遠山沒有回應？呼叫房屋和大樹，房屋和大樹也不理？搭船向他們靠過去，他們都靠過來了？這首詩會令你想到什麼？詩題為「呼喚」，有什麼含意？

小朋友，你搭過汽車、火車或船吧？如果搭過，一定會發覺車、船前進後，前面的大樹、房屋會向你靠過來，遠山也會越來越近。如果你不是搭車、船，而是站在原地呼喚他們過來，他們卻不動。

作者把這個現象寫下來，除了表現這個是自然現象外，也暗示讀者：我不要常怪別人對我不好；我要別人對我好，接近我、愛我，應該先對別人好，接近對方、愛對方。

讀完這首詩，由大樹、房屋、遠山向坐船的孩子移近，你也可以領會到孟子說的話：「愛人者，人恆愛之；敬人者，人恆敬之」是很有道理的。這首詩可以使你體會到：對他人友善，能常常「移樽就教」，別人也會對你友善，喜歡親近你、請教你。

詩題為「呼喚」，富有雙關的意思。根據本詩的內容，一個是詩中「我」的呼喚遠山、房屋和大樹的實際敘述；一個是暗示讀者，做任何事不肯親自操作而只出一張嘴使喚他人的意思。這個「呼喚」詞，有「雙關」的作用。

野花

酢漿草

鄉野、城市都有它
開著黃色或紫色的花
努力帶給行人歡笑
不嫌個子矮
不嫌花小
天天露著笑容迎接大家

馬鞍藤

生長在海邊的沙灘
開出淺藍、粉紅的花朵
替海灘鋪上美麗的彩色地毯
不怕海浪濺溼
不怕海風襲擊
一心只為美化大地盡力

芒草花
生長在河床或山坡上
綻放著馬尾般長的大白花
隨著風浪跳舞和歌唱
不怕秋冬沒花作伴
不怕土壤貧瘠和寒風囂張
堅忍的開花供大家欣賞

鳳仙花、天人菊、咸豐草
還有好多好多的野花

沒有人為它澆水
沒有人為它施肥
它們靠著自己
堅強的向天空和大地
展露才華、造福大家

你去爬山，或走在鄉間的小路上，甚至城裡有土的地方，常常可見到盛開的野花。那豔紅的鳳仙花，那白裡帶著一抹粉紅的月桃花，或是遍地可見開著小白花的咸豐草（又叫鬼針草），不是都很吸引大家的目光嗎？

這些沒有人照顧、生命力很強的野花，盡情的開出美麗的花朵，繁榮大地，你看了會聯想到什麼？

這首〈野花〉詩就是歌頌野花的美和堅強的生命力。看了這首詩，你是不是也想效法野花的奮鬥精神，為自己的將來掙出一片天？

本詩的作法，前三小節分寫三種野花的自立自強及帶給大地的美，第四小節總寫野花的堅強和展現才華。這是雙層結構的「先分後總式」。

櫻花開了

櫻花開了，櫻花開了
去年櫻花開
小阿姨追逐櫻花
搭機到日本京都賞櫻

寺廟、河邊
路旁、公園
粉紅、雪白的櫻花

婀娜多姿又輕盈

櫻花開了，櫻花開了
今年櫻花開
小阿姨聽說武陵櫻花更勝京都
趕忙開車又去追逐

武陵櫻花姹紫嫣紅
滿山遍野令人流連
一陣微風吹起
櫻花吻上小阿姨的臉

小阿姨說　京都櫻花
就像婉約優雅的淑女
武陵櫻花
卻是熱情奔放的佳人

兩種女人都很美
但是
武陵比京都
更迷人

詩的小祕密

每年一到春節左右，臺灣愛賞花的人，都想到武陵、陽明山、烏來、巴陵、阿里山等等地方賞櫻；有的甚至花很多錢到外國去欣賞櫻花。

詩中的小阿姨就是愛花族的一員。櫻花開放後，她到了日本，也遊了武陵。賞過兩地的花後，她比較了兩地櫻花的特徵。賞花各有各的看法，哪個地方的櫻花美，這不是本詩的重點。其實只要心境好，任何地方的櫻花，都可以帶給我們賞心悅目的快樂。

欣賞詩，除了注意內容意義外，也要注意語言的表達藝術。本詩採用轉化修辭中的「擬人」法，說櫻花婀娜多姿又輕盈，說櫻花吻上小阿姨的臉；再添加譬喻法，說櫻花像婉約優雅的淑女，像熱情奔放的佳人。這些寫法，會使櫻花增添美麗、富有生命，達到語言的生動藝術。

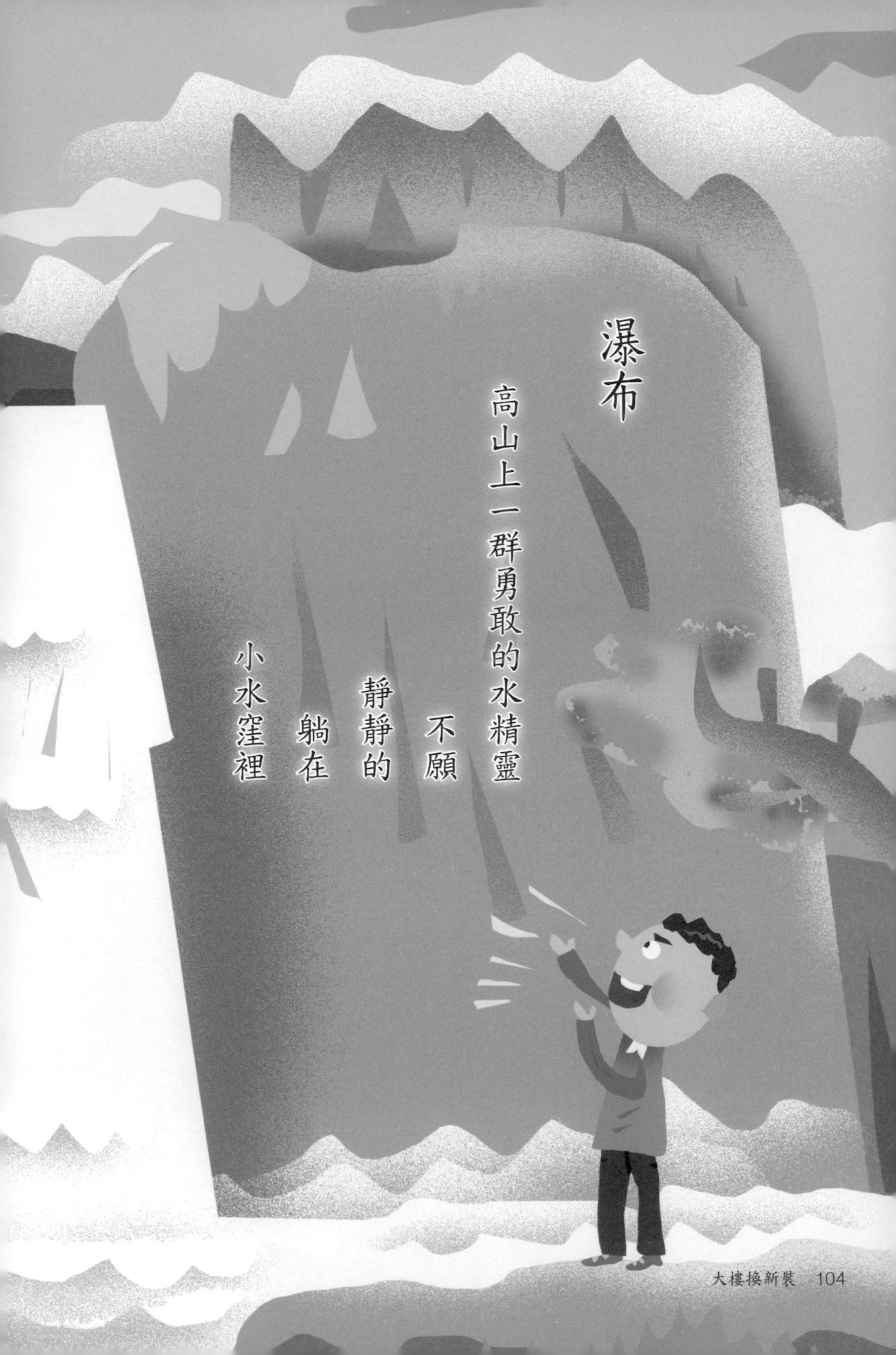

瀑布

高山上一群勇敢的水精靈
不願
靜靜的
躺在
小水窪裡

從高高的懸崖邊一躍而下
製造絢麗和驚奇
也給自己
創造
美麗
的
回
憶

詩的小秘密

為什麼把高山上的水寫成水精靈？為什麼他們不願靜靜的躺在小水窪裡？

為什麼他們要選擇從高處躍下？這首詩作者要表達什麼？詩行的排列，有什麼含意？

把高山上的水稱做水精靈，這是「轉化修辭法」中的「擬人」法，讓水有生命，有自我意識，如此就能生動的推展情節。

水精靈不願靜靜的躺在小水窪裡，表示他們不願意在小天地裡過著安逸、沒有努力目標的生活。水從高處躍下，目的是為了製造絢麗和驚奇，也給自己美麗的回憶。這兒作者暗示每個人不要只圖安逸生活，應該「自強不息」，發揮自己的潛力，讓自己的人生發光發熱，創造出美好的前程。

至於詩行的排列，除了採用每一行詩句末一個字平齊的「齊足式」外，部分詩行還配合詩意排列。例如第二小節的詩句，就如瀑布傾洩而下，流過山石一直奔流到平地的模樣。這樣的排列，除了豐富詩的內涵外，也加強了表現的效果。

海浪

種子落地生根
無法移動一分
停止前進腳跟
懶惰就會上身
海浪希望理想成真
不管白天或晚上

不論漲潮或退潮
他總是
前進
前進
又前進

詩的小祕密

很多人寫「海浪」詩。例如沈百英根據後浪追前浪的現象，表達「前浪為什麼不快走，卻叫後浪來追上」的痛心；王蓉子根據海浪的外形、色彩，虛擬為輕紗，再虛擬為人魚姑娘的新裝，要送一件海水織成的衣服給姊姊當生日禮物，表達了姊妹情深的心；林美娥由海浪翻滾，想像成海浪為了逗我快樂，表演特技給我看，表達海浪的愛心。

我出生在海邊，小時候常看到海浪不停的滾動、前進，聽到海浪「發發發」的翻滾聲音。海浪不停的前進和發出「發發發」的聲音，要告訴我們什麼呢？這件事一直留在我心裡。

最近，我看到一幅大樹被地下根拖住無法移動的圖，心裡一震，忽然聯想到海浪不停的前進，是不是怕跟這棵樹一樣，停下腳跟，無法移動一分？一個奮鬥向上的孩子，如果停下前進的腳跟，一定是懶惰上了身，因此，我把海浪擬成小孩，寫出了這首詩，暗示讀者要追求理想，就應該像海浪一樣不停的前進，不可以像樹被樹根拖住一樣。

生活
敘事詩

跟魚拔河

握著的釣竿
忽然
猛烈的被扯一下
大魚上鉤嗎
手指便迅速的轉起輪盤
跟魚拔河
釣竿

被扯到左邊
釣竿
被扯到右邊
一定是大魚
興奮的心 一下子湧起
轉
轉轉
拔拔拔
魚兒上來了

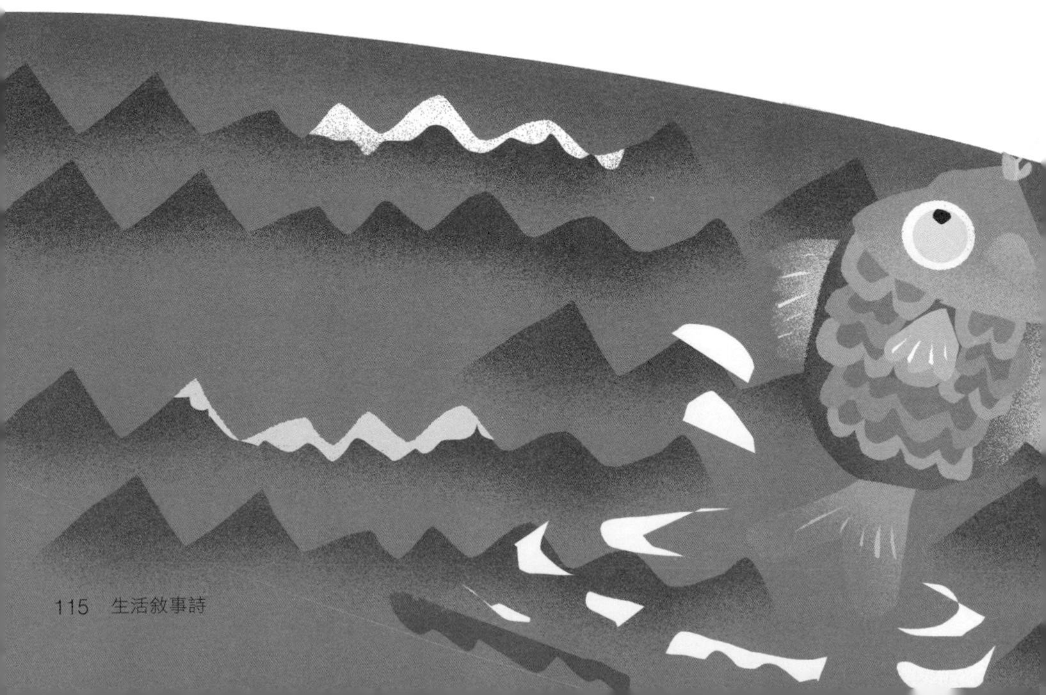

怎麼三指寬的魚
竟然有大鯨魚的拉力

握著抖動的
魚身
望著那驚惶的
眼神
望著那流血的
魚嘴
望著那滾落的
淚珠

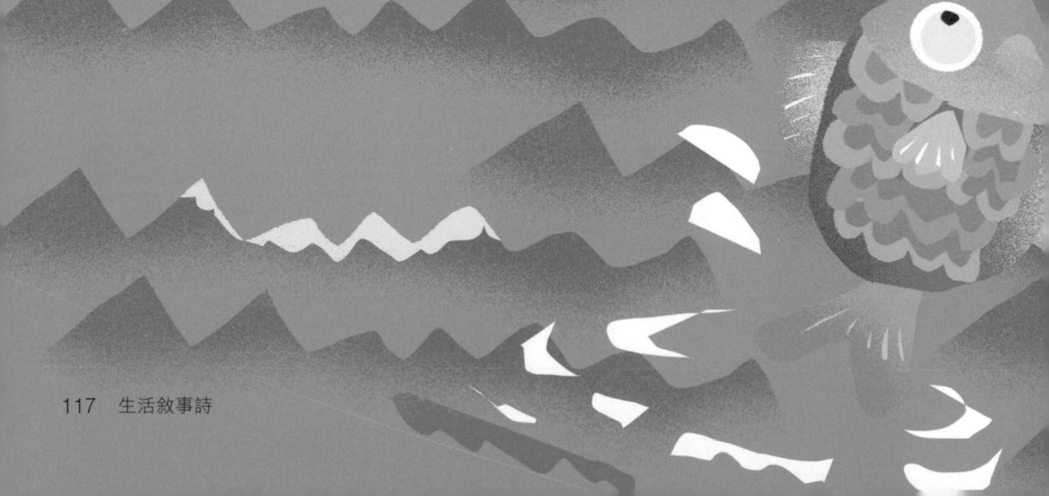

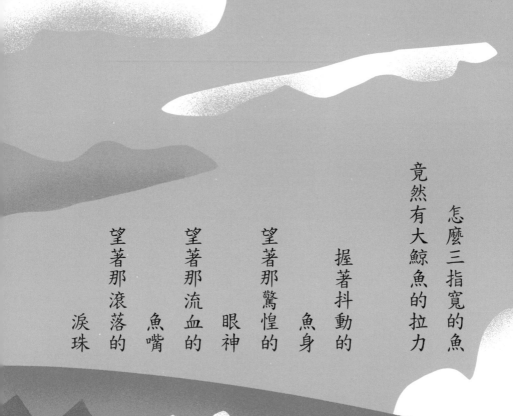

自己
好像變成了魚
嘴角
痛起來了
鼻子
酸起來了
眼睛
起霧了
放走了魚

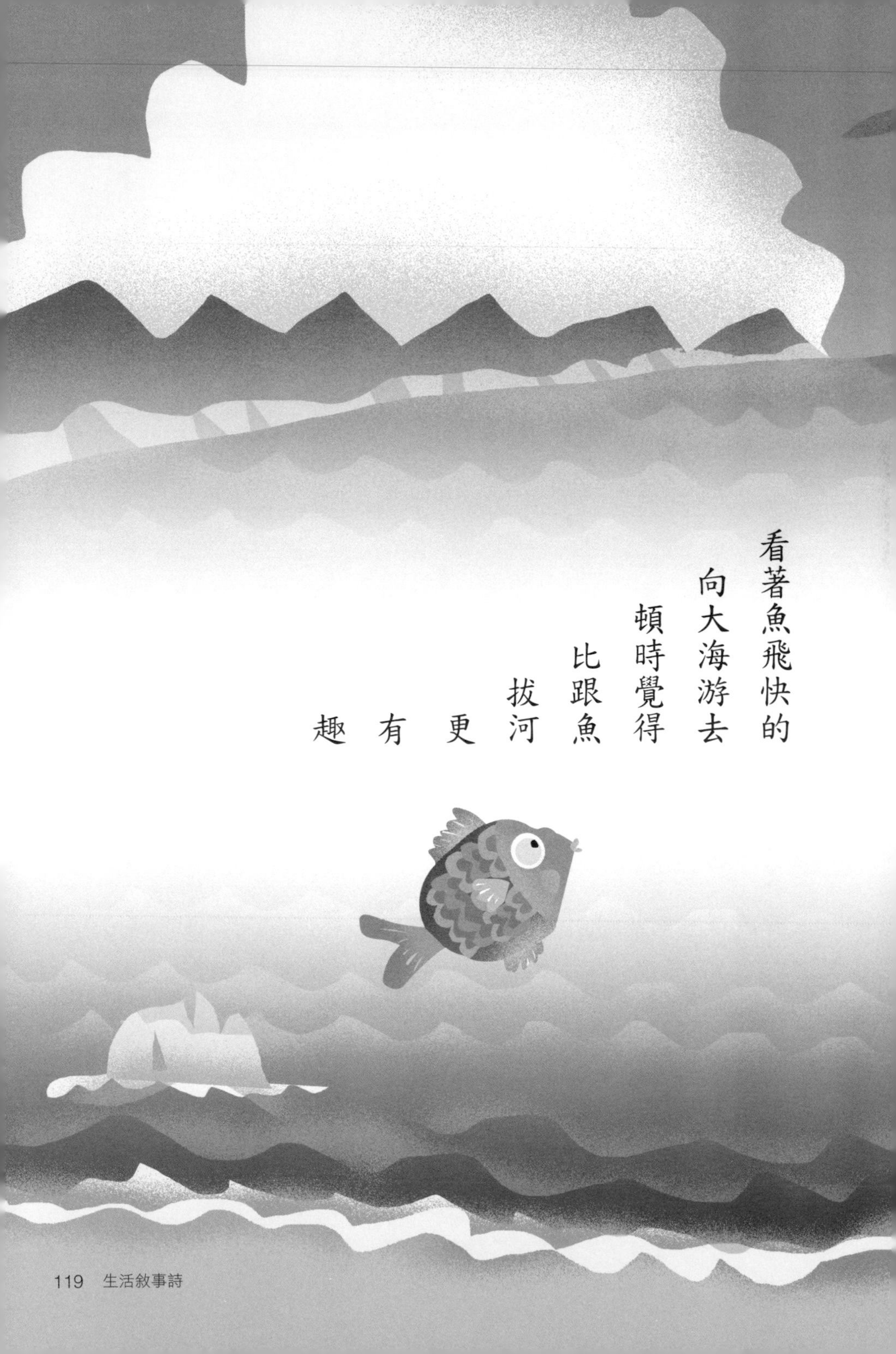

看著魚飛快的
向大海游去
頓時覺得
比跟魚
拔河
更
有
趣

這首詩作者要表現什麼？釣魚的快樂？同情被釣的魚？或是另有其他的含意？

整首詩的詩行排列忽上忽下，這種排列法有什麼作用？

作者的詩裡雖然前兩小節表現了釣魚人的快樂，但是經過第三小節的轉折，第四、第五小節卻寫到魚被釣的痛苦，以及釣魚人的同情魚。第六節寫釣魚人同情魚，結果把釣到的魚放回海裡；看到魚快樂的游走，釣魚人也快樂起來。

看完這首詩，你會不會覺得作者要表達的詩意是反對釣魚，理由是：「不要把快樂，建築在他人的痛苦上？」

在詩行的排列上，採用每一行詩句末一個字平齊的「齊足式」。詩句長短忽上忽下，這是為了表現釣魚人心情的上下起伏。例如第三小節由低至高的詩行排列，表示釣魚人鉤到魚，心情越來越高亢；最後一節由低而高再漸漸低，除了表現放走的魚越游越遠的逃難情景外，也表示釣魚人心靈提升後放走了魚，心情由高亢漸漸歸於平靜的經過。

媽媽蒸米糕

「小娟的媽媽會包粽子」哥哥說
「小明的媽媽會做蛋糕」妹妹說
「小華的媽媽會蒸米糕」我說
「好，好，好，我們現在就來蒸米糕」媽媽說

媽媽把糯米、龍眼乾放進蒸籠裡
媽媽把白糖、高粱酒放進蒸籠裡
我們也把感謝、期望放進蒸籠裡

瓦斯的火不停的燃著
鍋子的水不停的加著
媽媽不停的夾起米粒試吃著

時間一小時一小時的過去
鍋蓋上的汗珠不停的冒出
媽媽額頭上的汗珠也不停的湧出

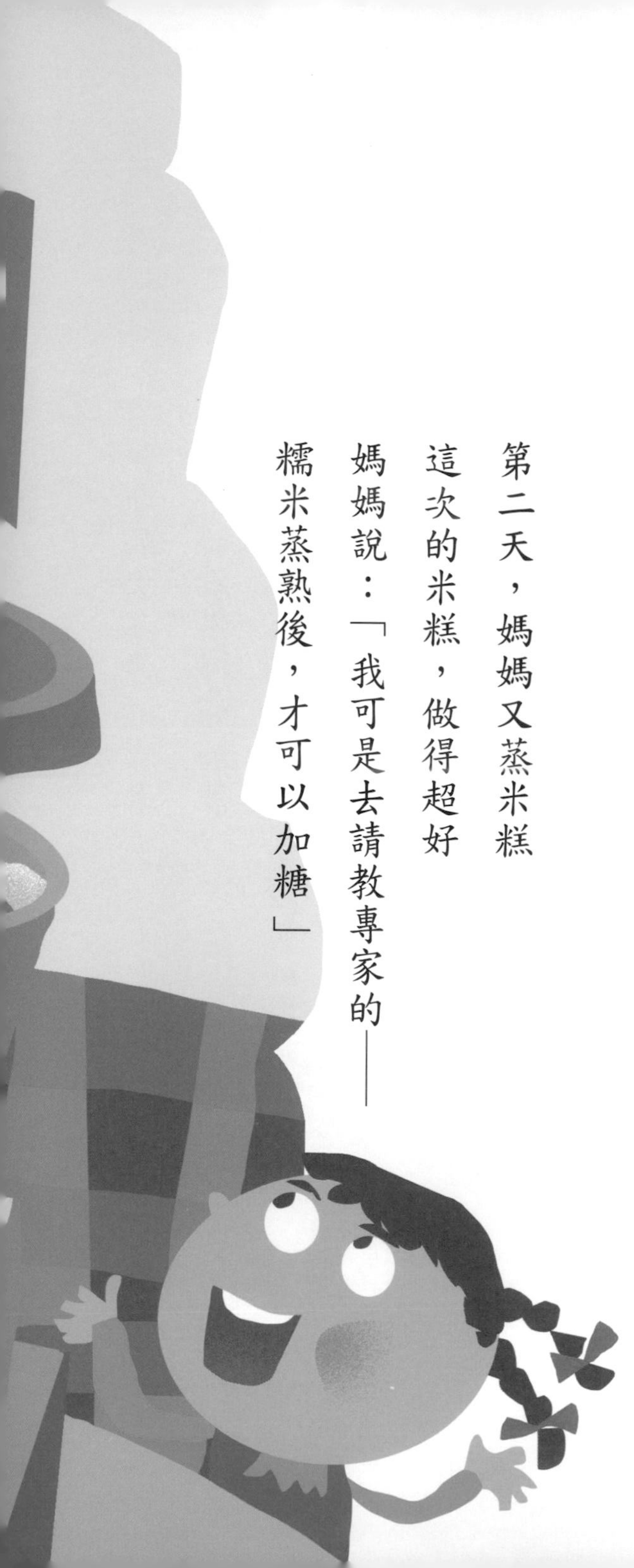

米糕端到餐桌上
妹妹嘗了一口說：「米糕好硬，跟街上賣的不一樣」
哥哥嘗了一口說：「真稀奇，糯米變成了砂粒」

第二天，媽媽又蒸米糕
這次的米糕，做得超好
媽媽說：「我可是去請教專家的——
糯米蒸熟後，才可以加糖」

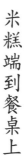

從這首媽媽蒸米糕的詩裡，你知道蒸米糕要等米蒸熟後才可以加糖的知識吧？媽媽努力學蒸米糕，並且告訴孩子蒸米糕的訣竅，你覺得媽媽是個怎樣的人？

這首詩的大概情節是什麼？在語言的處理上，你能任舉一項應用到的技巧嗎？詩以抒情為主，這首敘事詩有抒情成分嗎？

〈媽媽蒸米糕〉這首詩是以兒童生活中有關的事件為題材來寫的生活敘事詩。詩中先寫孩子們羨慕別人媽媽會做好吃的東西，引起母親想蒸米糕的動機；接著敘述母親做米糕遇到的困難以及孩子們的期待；最後寫蒸米糕的訣竅。

詩中媽媽努力蒸米糕的事，是不是令人覺得媽媽很幽默、樂觀和愛孩子？

全詩多處採用反覆的類疊修辭法寫作，使語言富有節奏美；再利用意外筆，寫蒸米糕的結果，以引起閱讀興趣。

敘事詩也很重視抒情，例如第三、第四小節提到蒸米糕的辛苦，反覆以具體事件表現，詩的腳步緩慢進行，這就是在抒情。

弟弟蓋被子

弟弟上床睡，
棉被冷似鐵。
「媽媽，我要加棉被。」
弟弟加蓋了一條被。
哈啾！
哈啾！
半夜裡，
弟弟的房間在打雷。

媽媽過去看，
床上躺了一隻
縮成一團的大刺蝟。
原來弟弟踢走了兩條被。

媽媽替他蓋上一條被，
又加上一條薄被單。
弟弟呼呼大睡，
床上不見了大 刺 蝟。

多一條被，
少一條被，
你說說看，
到底怎麼蓋才對？

詩的小秘密

寒流一來，從弟弟的蓋被、踢被及媽媽的加蓋小被單來看，也許蓋一條被子，加一條小被單最適合。由蓋被子的小事擴大來想，會不會想到孔子說過的「過猶不及」的話？處理任何事，超過就像不夠一樣，不是好的處理方式。大家常說的「中庸之道」，也許是最好的處理法。

一首詩裡，為了使詩句生動而突出詩意，作者常要活用各種修辭法寫作。本詩就用了譬喻、借代、誇飾、轉化、設問、摹況、類疊等修辭法。

例如：「棉被冷似鐵」的詩句，應用了譬喻法。

「弟弟的房間在打雷」的詩句，「打雷」一詞，除了應用誇飾外，還借代為弟弟的哈啾聲。

「床上躺了一隻縮成一團的大刺蝟。「大刺蝟」借代為縮成一團的弟弟，這也兼用了把人擬成物的轉化修辭。

「你說說看，到底怎麼蓋才對？」應用反問的設問修辭法。

說髒話

哥哥說髒話
媽媽拿抹布
要擦哥哥的嘴

弟弟說髒話
哥哥拿抹布
要擦弟弟的嘴

我不敢說髒話
怕弟弟拿抹布
要擦我的嘴

弟弟拿抹布
等不到擦我的嘴
罵我膽小鬼

有修養、有氣質的人，不會說髒話。

哥哥和弟弟被朋友或同學汙染而說髒話，表示哥哥、弟弟的行為不好；母親拿抹布要擦哥哥和弟弟的嘴，表示要糾正哥哥、弟弟說髒話的不良行為。

這首詩的內容富有深意。詩中的「我」，看到「不賢、不善」的哥哥、弟弟說髒話被母親糾正的事，不敢說髒話。這種表現，暗藏了孔子說的：「看見賢德的人，就要想著向他看齊；看見不賢德的人，就要反省自己是不是跟他同樣犯了錯誤（見賢思齊焉，見不賢而內自省」），以及：三人同走，必定有供我學習的老師。我要選他們的優點效法，缺點改正（三人行，必有我師焉；擇其善者而從之，其不善者而改之）。

在寫作技巧上，詩中的哥哥、弟弟都說了髒話，也受到母親的糾正而「我」卻不敢說髒話，使得拿抹布等著「我」說髒話的弟弟，氣得罵「我」是膽小鬼。詩中「說」和「不說」髒話的「反差」現象，充滿了童趣美。

倒過來想

爸爸說
遇到困難的事
倒過來想
也許就會不一樣

農夫插秧
後退就是前進
選手拔河

後退才能得勝

媽媽說
倒過來想
也許可以變成
發明大王

直進的風
發明了吹風機
後退的風
發明了吸塵器

哥哥說
倒過來想
爸媽要去上學
我要出去賺錢

弟弟說
倒過來想
成績殿後
不必難過

寫作或做人、做事，翻轉常用的方法，換個角度去做，也許另有一番的新天地。這首「倒過來想」的詩，就是從這個角度取材的。這首詩採用「對比式」的雙層結構，敘述了爸爸、媽媽、哥哥、弟弟等四個人對「倒過來想」的看法。爸爸、媽媽從正面舉出用「倒過來想」而成功的例子，提供哥哥和弟弟做人做事的參考；哥哥、弟弟卻淘氣的從反面提出「倒過來想」可能帶來的壞處或好處。由這四個人的話，令我們體會到爸爸、媽媽對孩子循循善誘的苦心教導；也由哥哥、弟弟天真、淘氣的話，讓我們體會到這家人過著和諧、幸福、快樂的生活。

爸爸喝酒

爸爸參加宴會
到了深夜還沒回
媽媽急了
東打電話
西打電話
總說已送到門邊
我們下樓找爸爸

看到樓梯邊
有人在打雷
原來爸爸踏上石階
以為到了家
倒地就睡

左攙右扶回到家
鼾聲還是沒有退
酸味酒味全出籠
熏得大家
眼淚　鼻涕一大堆

哥哥捏扁了鼻子
臉孔脹得像關公
妹妹皺緊了眉頭
眉間可以夾死蚊蟲
我趕緊把頭伸向窗外
吸滿了一布袋的好風
媽媽邊念邊擦拭
爸爸吐在床上的
穢物

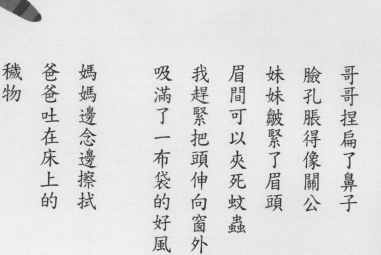

我看了對自己說
長大以後
絕不酒醉惹事

詩的小秘密

成人聚餐常會喝幾杯酒。酒，雖然可以促進血液循環，增進宴客的快樂氣氛，但是喝多了卻是有害；尤其是喝醉了，不但自己容易出事，更會造成家人的困擾。

我有一位朋友每次參加聚餐，喝酒的時候總是淺嘗就停。大家說他不夠豪邁，他也不生氣。他說他小時候看到爸爸喝醉酒，帶給家人不少的困擾，便發誓不喝醉。

寫詩不必怕找不到材料。這首詩的取材就是以我的朋友小時候的感受而得來。由這兒可以知道，從他人小時候的故事或自己回憶小時候的事，也可以當寫詩的材料。

詩中以兒童的「我」為敘述觀點。事件的安排，大致採用時間的順序法，從爸爸參加宴會開始，然後敘述家人的關心和受苦情形，最後詩中的「我」對自己說，長大以後不喝醉酒做結。

這首詩的語言，採用化抽象為具體的表達技巧。例如第四小節寫哥哥、妹妹和我對酸味、酒味的反應，就採人物自我呈現，表達厭惡的心意。

童話詩

大樓換新裝

大樓換新裝，
大樓換新裝，
不是大樓愛漂亮，
而是舊衣破敗又骯髒。
二十年的小磁磚，
有的剝落，有的損傷。
汙黑的外牆，
好像乞丐裝。

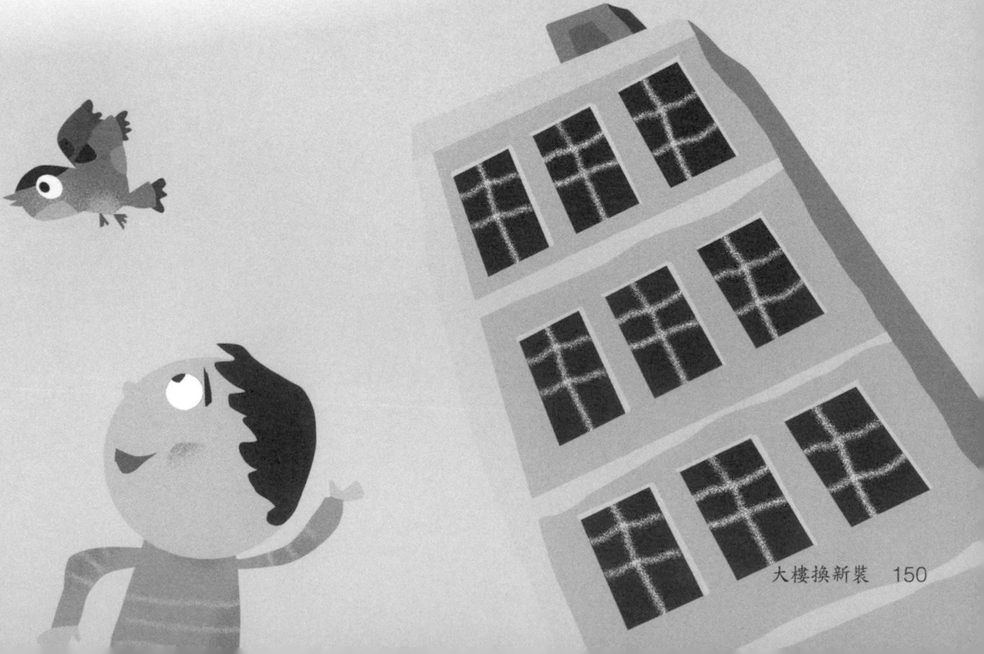

大樓換新裝，
大樓換新裝，
大樓想起樓裡的人，
從前老是心慌慌。
東家貼「租」，
西家掛「售」，
希望快脫手，
不想一直住破樓。

廣告刊出一年半，
不見有人來探望。
居民趕緊來商量，
想出大樓換新裝。

大樓換新裝，
大樓換新裝，
脫去舊外套，
換上新衣裳。

左鄰右舍來稱讚，
都說大樓真漂亮。
居民個個笑哈哈，
大樓心情好開朗。

詩的小秘密

你聽過樓房的「外牆拉皮」嗎？如果樓房的外牆很髒，或是磁磚破舊、剝落，為了美觀，屋主常會替大樓整修外牆，這叫做「外牆拉皮」。

〈大樓換新裝〉是一首應用第三人稱敘述大樓拉皮後，變得乾淨、漂亮、人見人愛，大樓心情也快樂起來的故事。它是富有童話色彩的敘事詩。

這首略有情節的童話詩，應用反覆技巧敘述「大樓換新裝」的事，使詩活潑而富有趣味和節奏美；再加上韻腳和諧，因此適合朗誦。臺北市立大學附小曾舉辦詩歌朗誦比賽，有一班學童朗誦此詩得了大獎。

讀一首詩，除了獲得快樂外，也希望得到一點智慧。有人問美國桂冠詩人夫洛斯特：「詩是什麼？」他說：「詩是讀起來很愉快，讀過之後，覺得自己又聰明了許多。」小朋友，你讀了這首〈大樓換新裝〉，有沒有覺得快樂？有沒有讓你聰明一些，想做個乾乾淨淨，人見人愛的孩子？

拐個彎兒

波波呵呵，波波呵呵
高山上的水
匯成一條河

聽說大海是河水的母親
急急忙忙
往大海方向奔

奔哪奔，奔哪奔
遇到小沙丘
擋住去路不放行

小沙丘，小沙丘
我要找母親
請你讓路行不行

小沙丘
蹺著二郎腿
不理河流再三請

河流等了好久好久
水越聚越多
終於跨過小沙丘

波波呵呵，波波呵呵
河流遇到大山哥
擋住大路不能過

大山哥，大山哥
我要找母親
請你讓路行不行

大山哥
盤坐不動
不理河流再三拜託

山不轉，我轉
河流拐個彎兒
輕鬆繞過大山哥

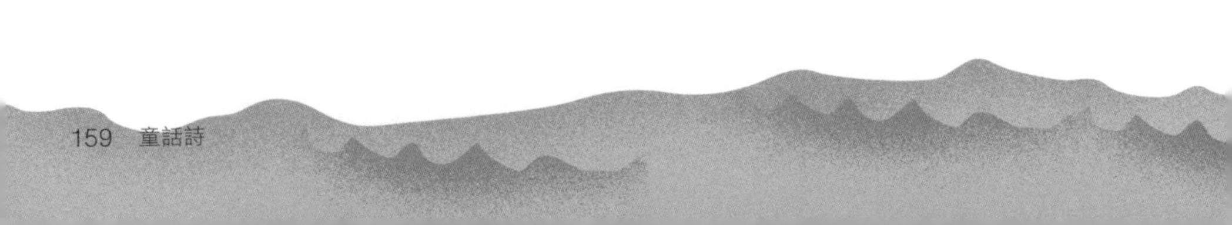

一山又一山
擋住河流去路的
多得數不完

河流不慌不忙
不停的拐個彎兒
終於進入大海灣

大海伸出熱情手臂
抱住河流
久久不放

大海問
回家路上
有沒有遇到大麻煩

河流說
遇到阻礙不敢逞強
拐個彎兒便很順暢

詩的小祕密

小朋友，童話詩跟一般的童話有什麼不同？這首童話詩敘述什麼故事？詩題「拐個彎兒」有什麼含意？

你看過不少童話書吧？書中大部分的童話，都是應用散文或小說的筆法寫出幻想的故事來，是不管押韻、節奏的。童話詩是應用詩的文筆來寫，除了有幻想的故事外，在敘『事』的地方，就變成「伶俐人」，幾筆便帶過；在涉及『情』的，詩就變成「慢郎中」，緩慢的前進。另外，童話詩特別重視押韻或節奏美，能讓人琅琅上口的背誦或朗誦。

這首童話詩敘述河流聽說大海是他的母親，便日夜不停的千里尋母。路上遇到許多阻礙，他並不氣餒，盡力應用智慧解決問題，終於抵達母親的懷抱。這是追求根源的孝順故事，也是遇到困難要運用智慧化解，不要魯莽的故事。

詩題〈拐個彎兒〉的意思，雖然表達河流遇到阻礙，能轉個念頭，換個前進方式，終於順利的流到大海懷抱；其實它還含有諺語「山不轉，路轉；路不轉，人轉；人不轉，心轉。」也就是有「心移物轉」的意思。所謂「窮則變，變則通，通則順，順則達。」處世能這樣，做事就會很順暢。

松樹問曇花

松樹問曇花：
昨天太陽一落下，
你就賣力的
一寸一寸展現身材。
面露笑臉，
散發芳香，
好像迎接大人物來剪綵。

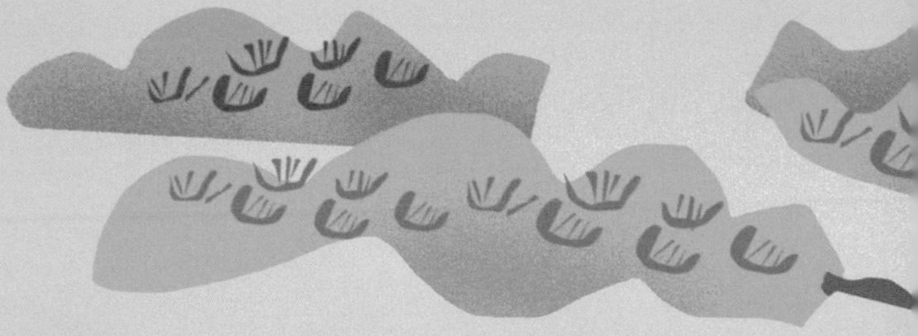

整個晚上，
沒看到月亮探望，
沒看到蜜蜂、蝴蝶拜訪，
連愛唱歌的紡織娘，
也沒上門歌唱。

今天太陽一出來，
你就軟趴趴的掛在花枝上，
變得皮包骨身材，
累得頭都抬不起來。

你這麼辛苦演出，
看不到觀眾，
聽不到掌聲，
這不是自討苦吃？

曇花說：
花的一生
多麼短暫，
尤其是我們曇花，
只開一個晚上。

能到這個世界來，
多麼的不容易。
盡力開出
最漂亮的花朵，
答謝養育我的大地；
也留給自己，
最美好的回憶。

觀眾或掌聲的鼓勵，
並沒有列入考慮。

有，當然好，
沒有，也不在意。

松樹哥，請問你：
擔心沒有觀眾，
擔心沒有掌聲，
花兒不肯開花，
稻子不肯長大，
大家都怕辛苦，
活在世上還有什麼意義？

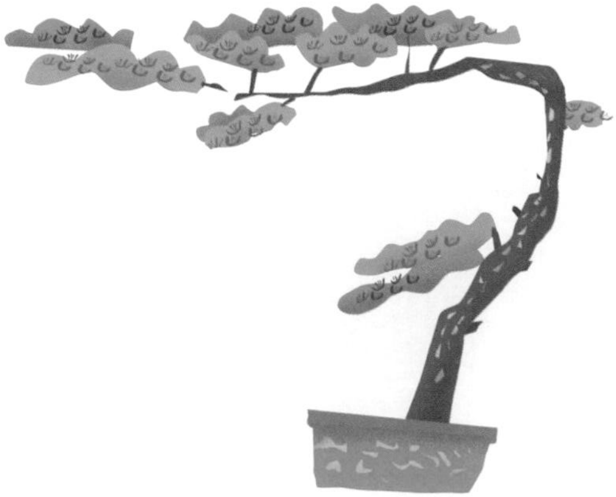

松樹聽了
趕忙挺起背脊，
舉起三根手指頭，
向快要枯萎的曇花，
敬了個隆重的童子軍禮。

松樹說：
你的話，
很有道理。
從今起，

不管鳥兒來不來棲息，
我都要挺起身軀，
為自己，
也為大地，
創造出
最美麗的回憶。

童話詩是有故事的，它的故事結構如何？你讀了故事後，能不能說出曇花和松樹的性格？它可以啟發我們什麼？

這首童話詩應用對話的方式推展情節。在結構上，首先提出懸疑問題：由老於世故的松樹，質疑曇花賣力開花是得不償失的行為。接著進入中段的問題處理：曇花提出賣力開花的原因和意義，並質問松樹做事瞻前顧後，只為他人而活有什麼意義？故事的結尾：松樹被曇花的話感動，除了向曇花敬禮表示尊敬和感謝外，也決心效法曇花奮發向上，為自己，為大地，做有意義的事。

以人的角度來看曇花和松樹的性格：曇花具有認識自我、肯定自我、發揮自我潛力、積極向上的性格；松樹本來跟一般人的見識差不多，但是看了曇花的行為和聽了他的話，於是改變了看法，具有知錯能改、勇於見賢思齊的特性。

這是一首富有哲理的童話詩，喜歡思考的孩子，除了從這首詩享受到故事的趣味外，也可以從這首詩裡，得到積極做事的啟示。

雌的絲瓜花

夏天的絲瓜花
戴著金黃花冠
優雅的立在竹棚架
雄的花
雌的花
賣力的把香味四面灑

甜美的香味
傳送到千里

蝴蝶和蜜蜂
爭相來採蜜
舔舔 嘗嘗
個個笑嘻嘻

雄的絲瓜花
送出了花粉
高興得隨風旅行去
雌的絲瓜花
接受了花粉
抱著美夢不肯離

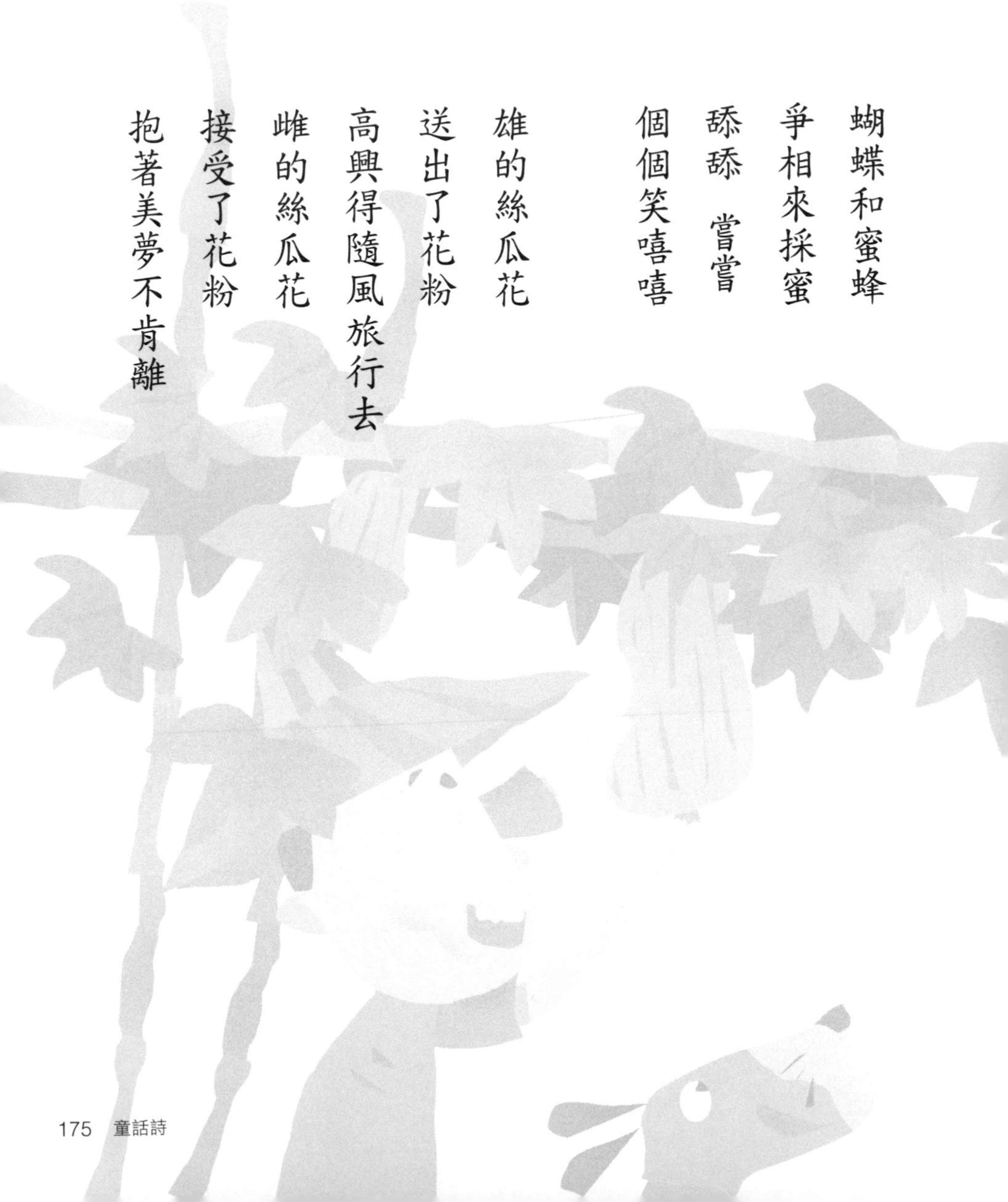

雌的絲瓜花
肚子隆起了小絲瓜
為了守護小絲瓜
從太陽升　看到太陽落
從太陽落　看到太陽升
一刻都不休息

小絲瓜一寸寸長大
雌的絲瓜花變了身材
金黃的花冠

皺成一頂黑褐帽
豐滿的花朵
變成一襲破棉襖

雌絲瓜花
沒有後悔
整天守在絲瓜尾
望著絲瓜
一寸寸長大
一寸寸長大

這首詩作者要表現什麼內容？

「從太陽升，看到太陽落；從太陽落，看到太陽升」的詩句，有什麼修辭特色？這樣寫的目的要表現什麼意思？

本詩先寫雌絲瓜花正面迎接生活，努力開花，爭取蜂蝶傳播花粉，完成植物本身的使命；接著寫為了新生命的誕生和成長，它高高興興的守在小絲瓜尾，一直陪著小絲瓜長大。這首詩藉雌的絲瓜花守護小絲瓜，表達了植物也有母愛的特質。

「從太陽升，看到太陽落；從太陽落，看到太陽升」的詩句，詞語大多相同，而語序相反，回環往復，應用了回文的修辭法。這種寫法，富有形式美和情趣，目的是要表達雌的絲瓜花日

夜不停，周而復始辛勤的照顧小絲瓜，表達了母愛的偉大。

手和腳

手和腳
兩兄弟
一個在上
一個在下
有說有笑
過得很愜意
有一天

走遠路
腳唉聲嘆氣
伸出的腳
像拖了千斤泥
好半天，才落地

手感覺腳不對勁
就說
有心事
不要悶在心裡

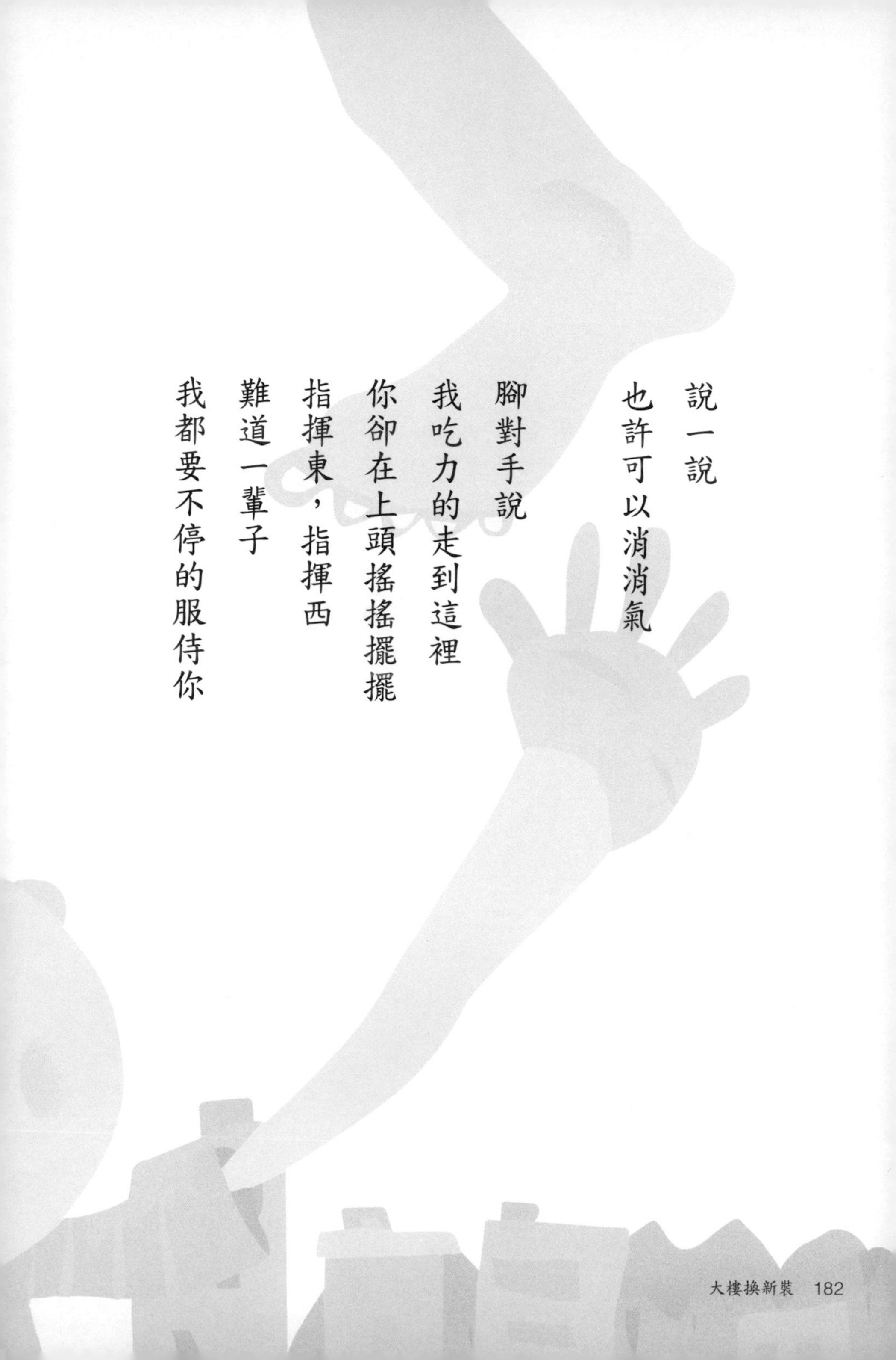

說一說
也許可以消消氣

腳對手說
我吃力的走到這裡
你卻在上頭搖搖擺擺
指揮東，指揮西
難道一輩子
我都要不停的服侍你

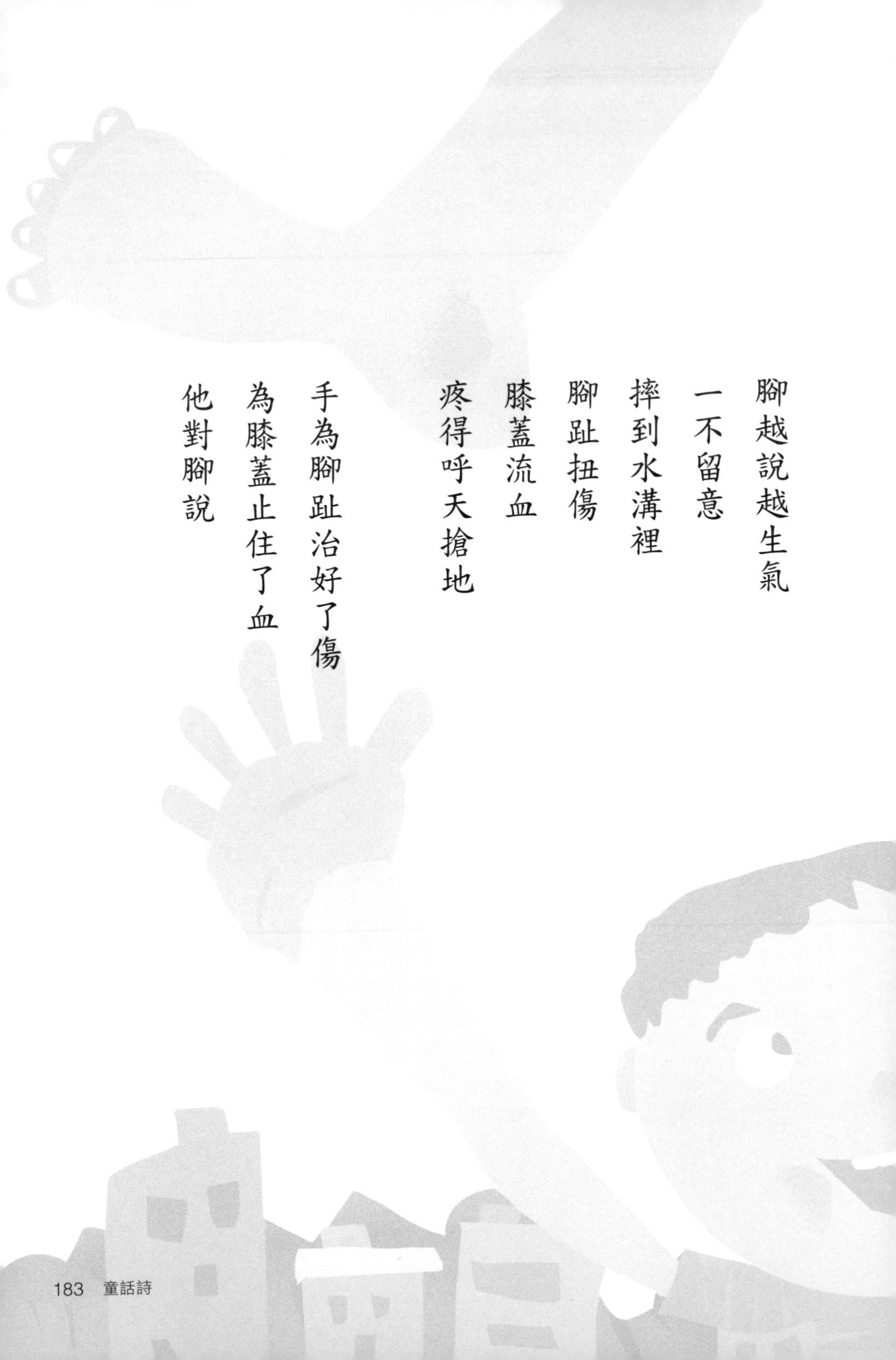

腳越說越生氣
一不留意
摔到水溝裡
腳趾扭傷
膝蓋流血
疼得呼天搶地

手為腳趾治好了傷
為膝蓋止住了血
他對腳說

我在上面一搖一擺
不是耍威風
而是在平衡身體

腳說
對不起
我誤會了你
手和腳，好兄弟
從此互助合作
天天笑嘻嘻

〈手和腳〉屬於哪一類的詩？這首詩寫什麼故事？有什麼含意？

〈手和腳〉有幻想的故事，又有詩的特質，屬於童話詩。這首詩寫兄弟間的誤會和解除心結的故事。詩中藉「手、腳」的角色，暗示了兄弟間應和樂相處的寓意。俗語說：「手足情深」、「上山打虎也要親兄弟」，這些都是告訴大家，兄弟姊妹都是父母的寶，要互相尊重、愛護、和樂相處，不要為了一點小事而傷和氣。

黑貓太太去整形

妙妙黑貓有個漂亮太太：
全身像雪似的皮毛
發亮的綠色大眼睛，
挺挺的粉紅鼻子，
加上微笑的嘴脣，
真是貓見貓愛，
百看不厭。

妙妙黑貓出遠門，
黑貓村裡來了美容師。
他可以把蟾蜍變青蛙，
可以把老貓變小貓。
登門要美容的黑貓小姐，
幾乎擠壞美容師的
大門。

大家都把妙妙太太當整容目標，
希望全身皮毛似雪，

眼睛大大，
鼻子挺挺，
嘴角上翹。
從此黑貓村裡，
多了好多白白的妙妙太太。

妙妙回到黑貓村，
一看到雪白皮毛的太太芳影，
趕忙向前迎。
回答的卻是：

「誰是你太太？
你這隻黑貓太過分！」

一路上都是皮毛雪白、
眼睛大大、
鼻子挺挺、
嘴角上翹的白貓小姐。
妙妙著急的呼叫：
「誰是我太太？
誰是我太太？」

妙妙挨了好多次白眼，
才拖著疲憊的腳步走進家門。
忽然看見一隻皮毛黑黑、
耳朵下垂、
眼睛小而鼻子塌、
嘴角又下滑的醜黑貓，
哭著趴在床下。
醜黑貓說：
「妙妙，對不起。

我要美容師
幫我換個模樣，
讓我更漂亮，
沒想到，
變成這樣！」

寫詩，可以從社會取材，然後轉換人物和情境。

寫作這首詩前，作者看到一則新聞。有個小姐到美容院去整形，結果整形失敗，本來還不錯的蘋果臉，變成了嘴歪、眼斜的三角臉，連家人都認不出她來。看過這件整形消息後，作者寫出了〈黑貓太太去整形〉這首詩。

小朋友，假使你有一個胖胖身材、蘋果臉的姊姊，出外幾天回來後變成瘦瘦身材、三角臉，你會不會嚇一跳？你對姊姊整形這件事有什麼看法？

欣賞詩，有時候可以增進你的思考力，讓你變得更聰明。

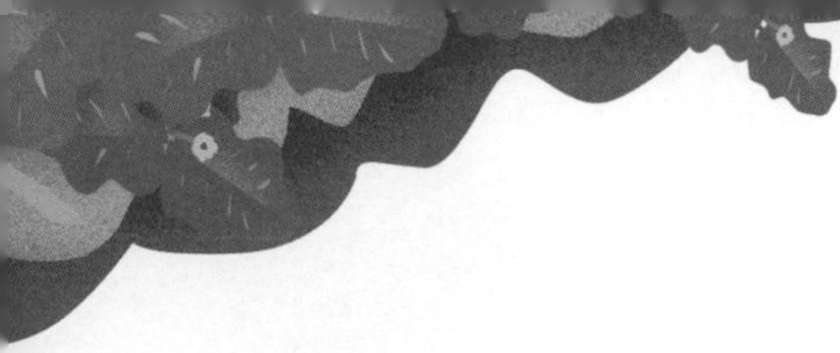

落葉

寒風一吹
九重葛的樹葉
落下了幾片
九重葛不想再落葉
拚命補充營養
尋找水分
爭取陽光

落葉還是飄下
九重葛想不出辦法
對自己說
我這樣努力工作
為什麼葉子還是脫落
九重葛好傷心
低下頭不想工作

一連幾天
九重葛低著頭昏睡

卻被一陣陣雨喚回
抬頭一看
身旁的枝條
長了許多綠葉
吐了幾朵花蕾

他忽然頓悟到
落葉就像九重葛的小時候
過了就不必迷戀和心傷
老的葉子退休

新的葉子才能接棒
九重葛決心努力吸收水分和陽光
讓紅花開放　綠葉成長

詩的小秘密

有一年夏天，我走在美國舊金山的陡坡道，看到兩旁房子前開滿了燦爛、豔紅的九重葛花後，非常震撼。怎麼街道的房子有這麼美的景致？回到臺北，我除了注意街上房子有沒有栽種九重葛外，自己就在陽臺上開始栽植九重葛。

栽種九重葛，免不了看到落葉。在心疼之下，我以落葉為題材，寫下了這首〈落葉〉詩。我把九重葛擬人，寫它雖然努力吸收陽光和水分，但卻沒法阻止落葉的到來，因此憂傷、難過而自暴自棄。後來經過雨水的滋潤，終於清醒過來，領悟到生命中老的葉子凋落，新的葉子接棒的事實，因而振作起來。

我聽過一個大學生，在校園裡一直背著建中的書包，對過去的榮耀念念不忘，結果鬆懈了大學的課程而被退學的事。

我希望看到這首〈落葉〉詩的人，如果有傷心、難過的往事，就像九重葛後來對落葉的看法一樣，放下而向前走。

我是一條魚

我是一條魚，
我是一條鮭魚，
我是一條生在湖水裡，
長在海裡的母鮭魚。
我深層腦海裡告訴我，
要回故鄉產卵，
我便不由自主的
往故鄉游。

游哇游，游哇游，
陸陸續續認識，
長得跟我一樣的朋友，
也要往他們的故鄉游。

嘿！海底有一條大鮭魚，
被塑膠製品纏身；
嘿！海底也有幾條鮭魚，
吃了塑膠碎片難過得在翻滾。

我們沒辦法救牠們，
只能互相提醒：
小心，別跟牠們一樣，
遭到惡運！

小心！小心！
提醒，提醒。
嘿！怎麼有兩艘船，
拖著漁網向我們靠近？

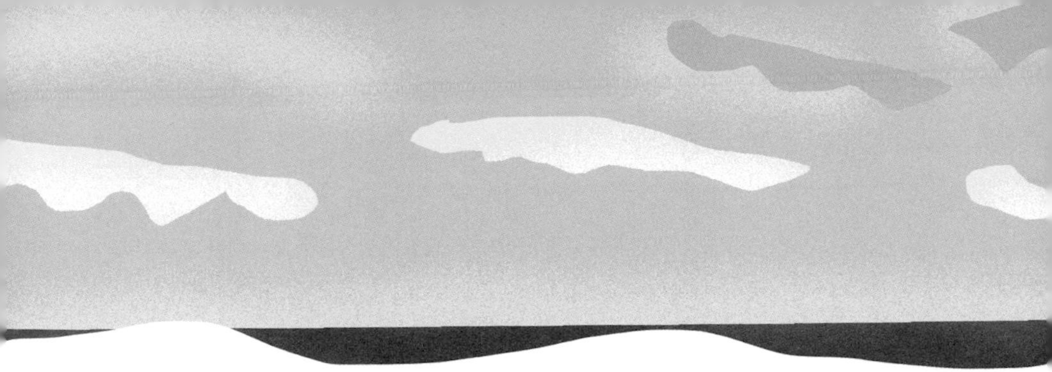

不得了了！
不得了了！
漁網掃過，
好多朋友不見了！

我們慌慌張張
各自逃生，
但是並沒有忘記，
回鄉的心聲。

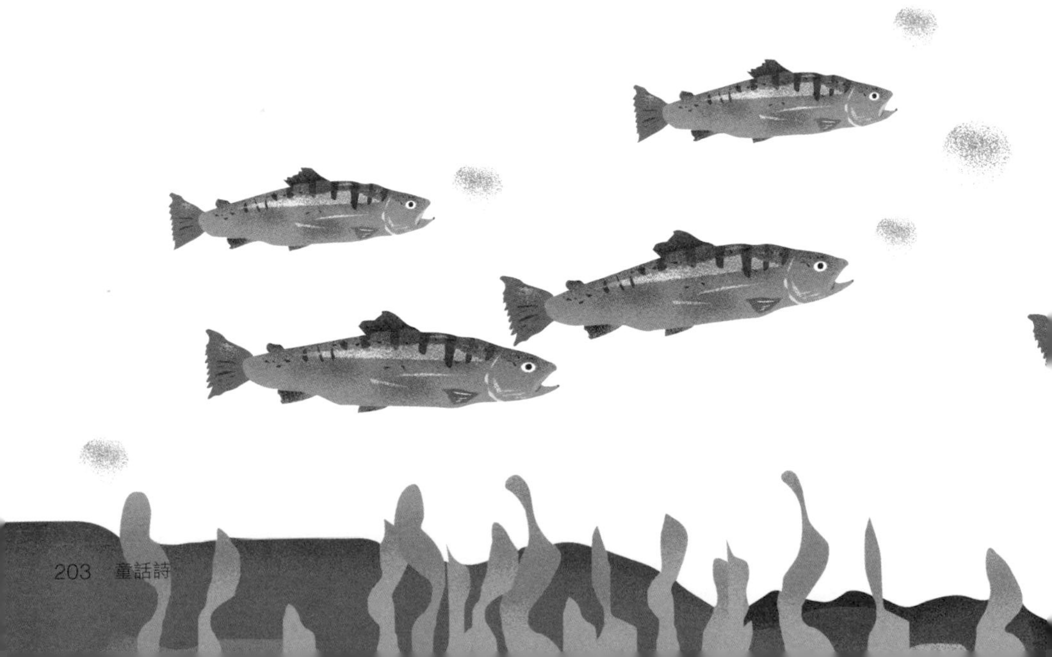

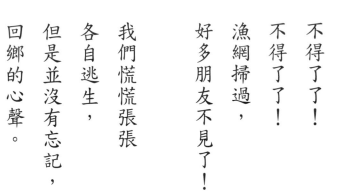

游過一個港口，
又過一個港口。
每個港口，
都有回他們故鄉的朋友。

我跟同鄉的朋友，
游進家鄉的大河。
大河的水有些怪味，
我的肚子快要反胃！

正考慮要不要退回，
烏龜說：
「這是工廠偷排的廢水，
快游過去，不要氣餒。」
衝啊衝！
衝啊衝！
我們終於逃離了廢水區，
進入清澈的河水裡。

我們興奮的看著河邊風光，
正在忘神欣賞，
釣魚翁出現，
好些朋友就不見。

小心！小心！
大家膽戰心驚的提醒，
沒想到又遭到
魚鷹和黑熊的入侵。

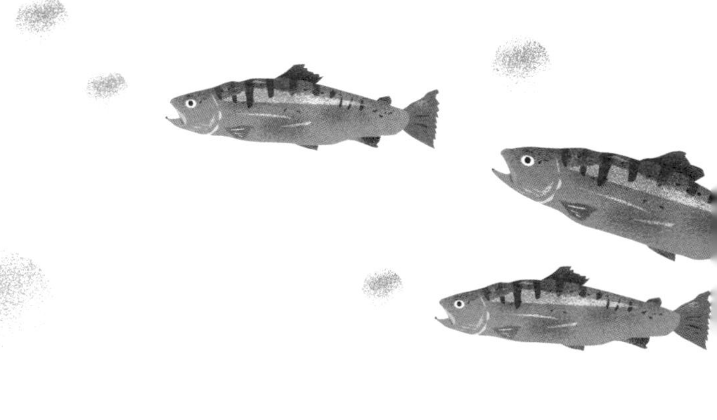

一大群一大群朋友，
只剩下一小群一小群。
我們忍住了眼淚，
快游而不管疲憊。

家鄉在略高的山上，
我們逆著水流往上游。
不斷的跳躍碰撞，
傷痕累累的回到出生的地方。

家鄉是一座湖泊，
存留著我們祖先的魂魄。
我跟朋友一圈一圈繞著湖邊游，
快樂得像騰雲駕霧到處旅遊。

在家鄉產完卵，
完成了一生夢想。
雖然我的身體好累、好累，
心裡卻非常愉悅、愉悅。

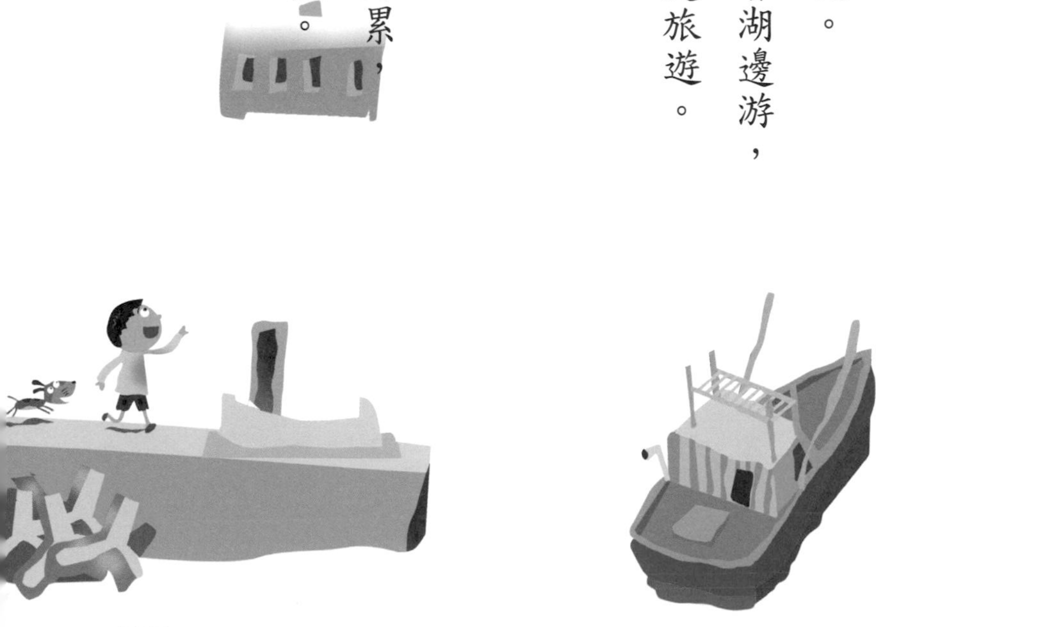

詩的小祕密

你讀過詩人楊喚寫的童話詩〈童話裡的王國〉嗎？詩中小弟弟騎著白馬參加老鼠公主婚禮的故事，是不是很吸引人？你喜歡這種有情節的詩嗎？童話詩不但是詩，而且有幻想的故事，因此常得到兒童的喜愛。這首〈我是一條魚〉，具有幻想的情節，屬於童話詩。

我們常聽到「鮭魚洄游」的新聞。鮭魚天生本能的從大海洄游到內陸地的出生地方交配產卵，繁殖後代。洄游的過程，敘述起來滿悽涼。牠們必定要戰勝大魚的追殺、漁夫的圍捕、魚鷹的獵食等等外，還不可以誤食人類遺棄到大海裡的塑膠物。這首〈我是一條魚〉的詩，靈感就是從這兒得來的。

詩中除了表現鮭魚具有堅毅不拔、吃苦耐勞的精神外，也表現了鮭魚的不忘本、愛鄉、愛家的偉大情操。

早開的櫻花

只不過兩次
颱風來襲
只不過氣溫
突然降低
本來在寒冬才開花
卻提早到秋季

櫻花啊櫻花
是妳被氣候搞昏了頭
還是想早點兒展現
漂亮的花衣

喜鵲呀喜鵲
不是我們被氣候搞昏了頭
也不是我們愛現漂亮的花衣
植物的開花是為了結果
氣候一變

我們自然要有對策

喜鵲聽了
點點頭
稱讚櫻花
有遠謀

詩的小秘密

櫻花大部分在每年十二月以後開花，二〇一五年有些櫻花卻提早到十月底。這種怪異現象，引起了媒體的報導，也引起賞花人士的注意。

櫻花為什麼提早開花？這是植物應付外界變化的自然反應。寫詩的人找到這個題材，藉物喻人，以喜鵲和櫻花的對話，表達櫻花的應變能力外，也告訴讀者，當我們遇到突來的大變故，不要自暴自棄，一蹶不振，應該發揮潛力，想辦法解決問題。

宋朝有一個名叫范仲淹的人，小時候父親過世，母親又改嫁，生活非常清苦，但他刻苦奮鬥，成了有名的文學家、思想家、軍事家、政治家，最後當了宋朝宰相，造福人民，報效國家。我們現在的社會裡，也有許多小時候遇到大變故，但他不向環境低頭，終於奮鬥成功的名人。

這首詩的另一個含意是，做一件事，常引起不同的看法，有的指責，有的讚賞。如果當事人能出來說明，也許可以減少誤會。本詩藉喜鵲的質問和櫻花的回答，除了述說櫻花為什麼要提早開花的事情外，也表達了以上的意思。

大湖的心聲

不是青山依偎著我
我才把青山倒映得清新翠綠
不是白雲拜訪了我
我才把白雲倒映得潔白美麗

如果青山是瘌痢頭
如果白雲是黑掃帚
我倒映的還是
瘌痢頭和黑掃帚

親愛的小朋友
你帶著笑臉來看我
我也讓你看到笑臉
你戴著哭鐵面具
我也讓你看到哭鐵面具

不必稱讚我心地善良
也不必罵我無情無義
我只是誠實的倒映
你的自己

詩的小祕密

為什麼湖水能倒映出各種景物？它暗示什麼？詩中的「倒映」一詞，為什麼不寫成「照映」？「青山依偎著我」和「白雲拜訪了我」的句子，又暗示什麼意思？前兩小節的敘述，要表現大湖的什麼個性？全首詩主要表現什麼意思？

大湖裡的水，如果是汙濁的，就不能倒映出景物；能倒映出景物，表示湖水是清澈的。詩中把大湖擬人化，讓他能倒映景物、能說、能想，暗示了大湖是清明有智慧的人物。

湖水不是發光體，不能說「照」映青山、白雲，因此詩中採用「倒映」的詞。寫詩或寫文，在用字遣詞上，要注意精確。

「青山依偎著我」和「白雲拜訪了我」的句子，暗示著外面的景物想跟大湖親近，拉拉關係，對他們多照顧，讓湖水把他們倒映得很漂亮。

詩中前兩小節大湖說：「不是青山依偎著我，我才把青山倒映得清新翠綠；不是白雲拜訪了我，我才把白雲倒映得潔白美麗。如果青山是癩痢頭，如果白雲是黑掃帚，我倒映的還是癩痢頭和黑掃帚。」這是表現了大湖的公正、清明和誠實的個性，不受有關係或意圖親近他的人影響。

全首詩藉大湖的自述，表達每個人應該了解本質的重要。一個人有了高尚的本質，到哪兒都呈現出高雅的氣質；如果是齷齪齷齪，到哪兒顯現的還是齷齪齷齪的形象。因此，要讀者認識自我、肯定自我、成長自我、超越自我，重視本質的提升，這是這首詩想表達的更深意思。

國家圖書館出版品預行編目資料

大樓換新裝／陳正治作；林傳宗繪．--初版．
--臺北市：幼獅，2016.03
面；　公分．--（故事館；040）

ISBN 978-986-449-035-6（平裝）

859.8　　　　　　　　104028772

・故事館040・

大樓換新裝

作　　者＝陳正治
繪　　者＝林傳宗
出 版 者＝幼獅文化事業股份有限公司
發 行 人＝李鍾桂
總 經 理＝王華金
總 編 輯＝劉淑華
副總編輯＝林碧琪
主　　編＝林泊瑜
編　　輯＝周雅娣
美術編輯＝李祥銘
總 公 司＝(10045)臺北市重慶南路1段66-1號3樓
電　　話＝(02)2311-2832
傳　　真＝(02)2311-5368
郵政劃撥＝00033368

門市
・松江展示中心：(10422)臺北市松江路219號
電話：(02)2502-5858轉734　傳真：(02)2503-6601

印　刷＝祥新印刷股份有限公司
定　價＝280元
港　幣＝93元
初　版＝2016.03
書　號＝AB00039

幼獅樂讀網
http://www.youth.com.tw
e-mail：customer@youth.com.tw
幼獅購物網
http://shopping.youth.com.tw

行政院新聞局核准登記證局版臺業字第0143號